纪 学 著

蜜月
行动

Miyue xingdong

Miyue xingdong

一位是干练英俊的**年轻营长**
一位是娉娉婷婷的**美丽少女**
在新婚之夜深情相约
······

中国言实出版社

图书在版编目（CIP）数据

蜜月行动 / 纪学著 . —北京：中国言实出版社，
2016.4

ISBN 978-7-5171-1858-9

Ⅰ . ①蜜… Ⅱ . ①纪… Ⅲ . ①长篇小说－中国－当代
Ⅳ . ① I247.5

中国版本图书馆 CIP 数据核字（2016）第 079518 号

出　版　人：王昕朋
责任编辑：朱世滋
文字编辑：冯　雪
封面设计：徐　晴

出版发行　**中国言实出版社**
　　　　　地　　址：北京市朝阳区北苑路 180 号加利大厦 5 号楼 105 室
　　　　　邮　　编：100101
　　　　　编辑部：北京市海淀区北太平庄路甲 1 号
　　　　　邮　　编：100088
　　　　　电　　话：64924853（总编室）　64924716（发行部）
　　　　　网　　址：www.zgyscbs.cn
　　　　　E-mail：zgyscbs@263.net
经　　销　新华书店
印　　刷　北京温林源印刷有限公司
版　　次　2016 年 5 月第 1 版　 2016 年 5 月第 1 次印刷
规　　格　880 毫米 ×1230 毫米　 1/32　 5.25 印张
字　　数　100 千字
定　　价　32.00 元　　 ISBN 978-7-5171-1858-9

目录

附录

序

　　纪学同志告诉我，他写了一本记叙国民党军队整编八十三师特务营于1948年起义的故事，名字叫《蜜月行动》，要我为它写个序。

　　写什么呢？我想了很久。

　　在我们人民解放军半个多世纪的战斗历程中，确实有许多国民党军队的官兵，毅然掉转枪口，走进了人民军队的行列。他们或者因为兵临城下，放下屠杀过人民的武器；或者因为不满腐败的统治，抛弃黑暗走向光明；或者因为正义的召唤，投向真理的一边……所有这些，都受到了我军的热诚欢迎；起义的官兵们，也在为人民解放事业的拼杀中，起到了一份积极的作用。《蜜月行动》中所写的特务营起义，则是几位爱国的知识青年军官，在抗战胜利后不满国民党反动派打内战，自发奔到解放区的。他们的举动，直到今天还可以给人这样的启示：一个爱国者，在历史的转折关头，应该怎样选择自己的道路，决定自己的行动。

　　纪学同志长期在报社做编辑工作，利用业余时间写了不少诗歌、散文和纪实文学等作品，还帮助有的老同志整理过一些革命回忆录和纪念文章，表现了勤奋和刻苦的精神。我希望他以后继续努力，不断进步，写出更多更好的作品。

　　以上这些话，就算是序吧。

杨沂志

1987 年 9 月

男子汉王国里，来了一个美丽的少女

到处都是黄色单调的军衣，到处是黝黑汗流的面孔，到处是警惕专注的眼睛，再加上一支支闪着烤蓝幽光的钢枪，一柄柄白光灼灼的刺刀，一门门灰黑色的大炮，构成了令人感到阴森和恐怖的氛围。这里，是一个男子汉的王国，从事着一种特殊而残酷的职业。

就在这样的地方，突然走来一个娉娉婷婷的二十二岁的美丽少女，不啻是骆驼阵里闯进一头娇柔温顺的小绵羊，鹰群里飞来一只纯洁妩媚的白天鹅，格外显眼，格外惹人注目。怪不得那一双双馋猫似的眼睛，如同闻到了鱼腥味，射出贪婪的目光，绕着她滴溜溜转来转去，总想多看上几眼。

"这女的是谁呀？"一个年少的士兵问。

"不认识？黄营长的未婚妻。"另一个年长的士兵回答说。

"还没有结婚呀？"

"这不就是来结婚的嘛！"年长的士兵看着少女，用舌尖

1

舔舔干裂的嘴唇，使劲咽下一口唾沫，拉着长腔说，"要当太太了。"

"好一个摩登的洋太太！"年少的士兵说着，不愿把眼光移开。

她真的太漂亮了。修长苗条的身体，紧裹在一件鲜艳的缎子单旗袍里，把全身勾勒得线条分明，更显得亭亭玉立。一头浓浓的乌云似的黑发，新近才烫过，舒展自如，似微风中不停涌动的起伏的波浪。瓜子型的脸上，两道弯弯的柳叶眉下，卧着一双黑亮黑亮的眸子，光闪闪，水灵灵，让人想到夜空的星星，碧澄的湖水。娇嫩的脸蛋上，透出淡淡的苹果色的红润，玉石般的牙齿，薄薄的嘴唇，嘴角微微向上挑起，总是绽着笑容。她挺起丰满的胸脯走着，半高跟皮鞋，踩在泥土路面上，发出咚咚的响声。俏丽、端庄的风姿，扰乱了这男子汉王国的单调和沉闷。

她是从师长周志道的家里走出来的。刚才，她陪着师长的太太打了几圈麻将。那个四十多岁的小脚女人，在军营里整天闲得无聊。因为原来就熟悉，听说颜竞愚来了，这位师长太太几次派人叫她去闲聊，打麻将。牌桌上，这女人一会儿对她说："你家黄营长是个好人，在咱们整编八十三师，是最年轻有为的。"一会儿又说："师长非常器重黄营长。"对一个即将结婚的少女来说，听到别人夸赞自己的未婚夫，本来应该是高兴的，可是她却不愿意听这些，也不愿意回答。心想，还用你说，他不好我还会跑来和他结婚吗？可是，表面上又不得不微笑应酬。最后，她借口要缝被子就离开了。此刻，她边走边想着心事。

几天前，她还在上海市体专的校园里。学校已经放暑假，同学们都各自回家了。她没有回湖南老家，因为放假之前她就收到了未婚夫的信，让她在上海等着，将有人来接她。同宿舍的一位也没有回家的女同学问她：

"竞愚，你怎么不回湖南？"

"我要到徐州去结婚。"

"哈！要当官太太了。"那位女同学开起了玩笑。

她的脸红了。停一会才说："结婚后我不打算继续上学了。"

"怎么？还没结婚就想着呆在家里当贤妻良母呀？女人哪女人！"

"不！……"她刚要为自己辩白，可是一想不能解释，便立即住了口，没有再说下去。

"什么时候走？"女同学问道。

"很快就走。"

其实，她自己也不知道具体的时间。她心里本来就很着急，女同学的谈话使这种着急更加剧了。

那天中午，天气很热。她急匆匆吃过饭，就跳进了宿舍下边的游泳池，一则为了凉快，二则也想借此平静一下被焦急烧灼的心。正当她漫无目的地在水里游动着，那个女同学跑过来喊道：

"颜竞愚，有人找你！"说着做了个鬼脸。

她一听，马上意识到可能是未婚夫派人来了，便匆忙爬出游泳池，连衣服也顾不上换，抓起一条大浴巾披在身上，就迎了出去。果然是未婚夫派来的人：副官安景修，传令班长罗少先。这两个人她都认识。

她将安景修和罗少先领进自己的住室。安景修看看屋里没有其他人，便掏出一封信递了过去。颜竞愚拆开信读了起来：

竞愚：

　　我已决定要走，你能不能一起走？如果能一起走，就速和安、罗一起到部队来。如果不能一起走，就把带去的钱收下，再将带去的衣服变卖成钱，赶快

　　离开上海，千万千万不要再留在那里了！

黄幼衡（1948年）8月7日

　　信写得很含糊，很简单，寥寥数语。没有缠绵的情话，没有甜蜜的亲昵，更没有漂亮的词汇。但颜竞愚一看就明白了信上说的全部意思，以及未婚夫的全部炽热情感。当她轻轻把信纸装进信封后，罗少先又递过来一个包袱。打开一看，是两套改过的西服，她听说过这是他父亲给他的。料子比较新，显然穿的次数不多。另外还有一些钱。她把这些东西重新包好，直起身来，抬手拢一拢还湿漉漉的头发，说：

　　"我去！你们等两天，我准备一下就和你们一起走。"

　　那是多么紧张的两天！她出了服装店，再进瓷器店，又进食品店。衣服、被面、蚊帐、茶具、糖果……结婚所需的东西，很快就买齐了。最后，她又买了两盒印好的结婚请束。结婚嘛，就得像个结婚的样子。她看着这些东西，自己都觉得有点好笑：一个姑娘家，倒给自己办起了嫁妆！

　　两天后，她登上了向北的火车。别上海，经苏州，过南京，穿蚌埠……一路上，列车飞驰，车轮滚滚，她的心哟，充满着幸福、激动和不安。到达这丰县县城后，一颗悬着的心，才稍稍放松了一点。

　　八月的午后，太阳像一个巨大的火球，喷洒着炎热的威力，地面如同一块炙热的大铅板，蒸腾着热气，街旁路边的树叶，烤得卷了边。颜竞愚在一蓬小小的树荫下停住脚，躲避开毒热的阳光，边擦汗水边打量起来。

　　丰县城是江苏省最北部的一座县城。窄窄的街道，铺着高低不平的青石板，两旁的店铺，低矮拥杂，烟熏火燎似的。虽然照常开门，可人们都神色仓皇不安。这里住着国民党整编八十三师的师部和所属部队，街上走动的大部分是士兵和军官，小小的县城简直成了一座兵营。从这里再往前几十里地，就是解放区。因此，这里又是刀枪对峙的前线。但颜竞愚来后看到的景象并不像前线，士兵们在训练，军官们花天酒地。从表面上看，比徐州平静许多了。

那天晚上，她走出徐州火车站，因找不到当晚顺路的军车，就住进了一家旅馆。黑夜，旅馆里却不安静，人来人往，混乱嘈杂。特别是国民党军队的便衣队员盘查吆喝的声音，此起彼伏，接连不断。颜竞愚插上门，和衣躺在床上，透过窗子，看着外面黑黝黝的天空，心绪烦乱，久久不能入眠。当她模模糊糊刚想入睡的时候，外边响起了急促的敲门声。她猛地一惊，下床打开了门。几个便衣队员走进屋内，大声问道：

"你是从哪里来的？"

"上海。"

"到哪里去？"

"丰县，整编八十三师特务营。"

"干什么去？"

"去结婚。"

"男的是谁"

"八十三师特务营营长黄幼衡。"

他们把颜竞愚从上到下打量一遍，没有说什么，就走了出去。接着，又来了第二次、第三次、第四次、第五次，她都是这样回答的，便衣队员们也都相信了。颜竞愚以为没有事了，可以放心睡一会。可是还没等她躺下，又来了几个便衣队员，凶神恶煞地敲开了门。这一次，颜竞愚无论怎么说，他们都不相信。最后，她拿出了结婚的请柬给他们看，他们还是不走，并让其中的一个人去打电话给整编八十三师驻徐州留守处，得到证实之后才离去。

便衣队员们走后，颜竞愚真的有些害怕了：妈呀！查得这么严这么紧!尽管连日买东西,坐火车,已经非常劳累,可是她再也没有了睡意,睁着眼等到天亮……

她离开树荫,向前走着。四处射来的目光,如同无数的钢针刺得她浑身不舒服,便加快了脚步,向已经布置好的新房走去。

远远地,那只毛色黑亮的狗向她跑了过来,到了跟前,绕着她不停地摇尾巴。用毛茸茸的身子,蹭着她的腿,伸出热乎乎的舌头,舔她的脚背,怪痒的。她知道,未婚夫喜爱狗,总是养一只带在身边。也怪,从她来到以后,这狗就对她特别亲,跑前跑后地围着她转,仿佛也知道这美丽的少女将要做自己的女主人了似的。

鲜红的囍字下，站着心事重重的新郎新娘

在丰县城里，这要算是一处最宽敞的大厅了。国民党军队整编八十三师进驻之后，这大厅便被占用了。师部的许多会议都是在这个地方开的，军官和士兵也就习惯地把这大厅叫作"礼堂"。往日，大厅内摆着一溜桌子，墙上挂着蒋介石的像，大热天进来也感到阴森森的。只要一声"委座手谕"，就立起来一排排笔直的身躯和明晃晃的肩章。而今天，1948 年 8 月 14 日的下午，这里却是另一种景象。鲜红的大"囍"字贴在正面的墙上，红光耀眼，使整个大厅里喜气洋洋。前来参加婚礼的人，对着"囍"字成扇形排列，新郎和新娘，站在正中间最醒目的位置。

新郎黄幼衡，二十九岁，中等个头，长方脸，宽额头，浓黑的眉毛下，有一双深沉的大眼睛，鼻梁高高地隆起，嘴唇刚毅地紧闭着。从整个脸庞看，又显得清秀文雅，像个年轻英俊的书生。但他又确实是个典型的军人，一身半新的军装，长短

肥瘦都很合体，挺得笔直的身躯，再配上大盖军帽，肩头缀着的少校军衔，以及整齐的武装带，都显示着长期军旅生活和严格训练出来的规范性姿态。也许是因为天热，也许是因为兴奋，他脸上红扑扑的，额头上沁出一层细碎的汗珠。但仔细看去，也不难发现，那被幸福和欢喜笼罩的脸上，又有着不易为人察觉的忧思和不安。

站在新郎旁边的新娘颜竞愚，今天打扮得更加光彩照人。紫红色的绣花缎子旗袍，样式新颖大方，闪耀着迷人的色彩，显得特别有风韵。露在旗袍高领外面的雪藕一般细腻的脖子，挂一串琥珀色的项链。蓬松的乌发，散着香水的气味。半高跟皮鞋擦得乌亮，与肉桂色的丝袜十分协调。红润的脸庞在囍字的辉映下更加羞怯、娇艳、妩媚。只是那低垂的娇柔的目光里，也藏着隐隐的惊惧和惶恐。

大厅内十分闷热。不一会儿，人们的脸上、身上都出了汗。门窗打开后，飞进了许多苍蝇、蚊子，嗡嗡地叫着，向人裸露在衣服外边的部分叮去，仿佛也要为婚礼增添别一种热闹。有人边拍蚊子边嘟哝："什么时候结婚不成，偏选这种天气，也不怕热！"

来参加婚礼的人很多，师长周志道、副师长杨荫、参谋长崔广森来了，师部各处的处长来了，师直属营的营长们也来了。现在婚礼还没开始，他们有的嬉笑打闹，淫荡的目光在新娘身上闪来闪去。有的交头接耳，低声说着粗俗的话："没想到黄幼衡搞了个又有文化又漂亮的小娘们！""这小子真有艳福！""听说还是女的自己找上门的呢！""师长、副师长、参谋长都来了，好威风啊！"他们只顾看啊，说啊，笑啊，对于新郎和新娘的心绪不宁，都毫无察觉。

不过，有一个人还是看出来了，他就是婚礼的司仪、通信营营长邵奇萍。"这两个人有什么心事呢，在大喜的日子里神情恍惚，心事重重？"他只是在心中纳闷，嘴里却没有说出来，更不敢去问。他看看人到得差不多了，就赶忙宣布婚礼开始，要新郎、新娘向主持人、证婚人和来宾三鞠躬，然后就请主婚人讲话。

主婚人是师长周志道。这位少将师长，是江西人，毕业于黄埔军校第四期。他高高的个头，长方脸盘，腰杆挺得笔直，站在距新郎不远的地方。听到司仪宣布他讲话，便沉稳地向前跨出一步，用微笑的目光扫视一遍全场，操着浓重的江西永新口音说：

"今天，特务营黄幼衡营长和颜竞愚女士举行新婚大礼，是个大喜的日子！黄营长作战勇敢，带兵有方，是党国一位年轻有为、前途无量的军官。颜女士相貌出众，才学高深，是一位新时期的女性。他们结婚，可以说是天造地设，珠联璧合，算得上是'英雄配美女'啰！我本人暨我的夫人、女儿及全师官兵，向他们表示热烈的祝贺！祝贺他们相亲相爱，白头偕老，家庭和睦，永远美满幸福！"

周志道

周志道的话，引起一片掌声。掌声一停，就有人大声喊道："请新郎、新娘介绍他们的恋爱经过！"随后是满大厅响应的声音："对！""赞成！""要得！""快说呀！"

黄幼衡笑着摆了摆手："没有什么好说的。"

颜竞愚的脸更红了，羞涩地低下头，然而心里却像喝了蜜一样的甜。

前年冬天，她和女同学金伟离开汉口一家被服厂的子弟小学，乘船沿滚滚的长江东下。两个要好的姑娘在凛冽的江风中亲密地交谈着。

"竞愚，我们能考上大学吗？"金伟抱着颜竞愚的肩头问道。

"只要好好复习，就能考上。"颜竞愚望着汹涌奔腾的江水回答女友。

"黄营长会帮助我们吗？"

"我想一定会。"

"你怎么知道？"

"我看他是个正直的人。你忘了三年前，是他提醒我们离开虎口的。"

"可别再看错人了！"金伟也想起三年前逃离湘西虎口时的情景，话中有着无限感慨。

"不会的！"颜竞愚充满信心地说。

几天后，两个姑娘迎着农历腊月的冷风，踏着遍地皑皑的积雪，风尘仆仆地来到苏北盐城，找到了黄幼衡。

两个如花似玉的少女突然出现在面前，使黄幼衡这位勇武的军官感到非常惊愕。虽然三年前有过一面之识，以后也通过信，但他认为那只不过是战乱中偶然的萍水相逢，并没有放在心上。所以一见面他就问："你们怎么找到这里来了？"

"想请你帮助我们复习考大学。"姑娘们天真爽朗地说。

这以后，她们一起暂住在特务营里，有空就来找黄幼衡说话。一天，颜竞愚单独找到黄幼衡说："你帮助金伟找个丈夫吧。"

"好吧！"黄幼衡答应着，在心里迅速数了一遍他熟悉的没结婚的军官，说："炮兵营长赵炳兴怎么样？"接着介绍了赵炳兴的情况。颜竞愚听完黄幼衡的介绍，说："我看挺合适的！"晚上，颜竞愚和金伟一说，金伟就同意了。赵炳兴也很愿意。

金伟和赵炳兴结婚之后，只剩下颜竞愚一个人。她感到很孤单，来找黄幼衡的次数更多了。黄幼衡没有时间的时候，她就和黄幼衡养的那条黑缎子般的机警的狗一起玩。逗着狗仔在雪地打滚、蹦蹿，前扑后跳，弄得满身泥水，然后再给它洗干净。黄幼衡看到这种情景，心想，她的同学有了自己的小家庭，她一个人怎么行呢？在一次和颜竞愚说话时，黄幼衡就有意识地讲了参谋主任的情况，最后试探性地问道："你看这个人怎么样？"

"什么怎么样？"颜竞愚不明白地问。

"把你介绍给他行不行？"

颜竞愚连考虑也没有考虑，就拨浪鼓似地直摇头，脸上现出了不悦之色。姑娘伤心得差点哭了。心想，你真的不明白我的心思吗？我千里迢迢地跑来找你，难道仅仅就是为复习？我为什么请你给金伟介绍对象？她看着面前的黄幼衡，心中有很多想说的话，只是不好意思开口，怏怏地告辞，回自己住的房间去了。

这时的黄幼衡，还没有领悟过来，直怪自己不好，唐突了年轻的姑娘。粗心的男子汉啊！

过后，颜竞愚还是照常来找黄幼衡。她喜欢这位营长的正派、率直，因此更不想离开他。转眼到了春节。这个中国人民传统的团圆节日，颜竞愚也不愿回湖南老家，而是和黄幼衡一起吃饺子，看放鞭炮。姑娘那脉脉含情的目光，终于撩动了年轻营长的心弦：啊！我怎么没有早一点觉察到呢？

一个艳阳高照的日子，他们又在一起逗狗玩。黄幼衡蹲下身子，抚摸着狗的脊背，抬起头大胆地问："竞愚女士，你喜欢我吗？"

"啊！喜欢！喜欢！"颜竞愚也蹲下身去抚摸狗的脊背，脸涨得通红，心里甜丝丝的，她早就等着这句话了。

"那……我们永远在一起，好吗？"黄幼衡说着把手按在了颜竞愚的手上。颜竞愚的手有点抖。抬头看看黄幼衡，赶紧又低下头，细声说："好！"

"等战事稍微缓和一些，咱们就订婚？"

"嗯！"颜竞愚点了点头。

春节后，颜竞愚到了南京去复习功课，准备考大学。半年后，黄幼衡也请假到南京复习功课，准备报考陆军大学。两个人接触的机会更多了。复习之余，他们互相诉说各自的家庭，各自的经历，各自的苦恼和欢乐，心靠得越来越近。在春暖花开、草长莺飞的钟山脚下，这对有情人履行了订婚手续。

对于一对热恋中的青年人来说，这是多么甜美欢悦的日子啊！他们去游玄武湖，去看秦淮河，去观明孝陵，去登紫金山……高兴而出，兴尽而归。说不尽的浓情蜜语，诉不完的儿女情长。一天下午，颜竞愚对黄幼衡说："幼衡，咱们明天去莫愁湖玩耍吧？"

"好的！"黄幼衡答应了。

第二天，他们早早地坐上了公共汽车。在水西门下车后，步行到了莫愁湖公园。

金秋的"金陵第一名胜"，向这对情人敞开了胸怀。树叶正在变黄，菊花阵阵飘香。在狭窄的花间小径上，他们并肩走着，悄声交谈着。颜竞愚很兴奋，黄幼衡却沉思不语。他看到游园的绅士淑女、官僚政客，一下子又想到了前线，想到他那些被解放军打败的士兵，想到他所看到的他们军队杀掠抢劫的老百姓的苦难……

"幼衡，你在想什么？"颜竞愚碰碰未婚夫的胳膊问道。

"啊！没想什么。"黄幼衡不愿让未婚妻扫兴，敷衍着说。

"什么也不要想，今天就是尽情地玩耍。"

"对！"

走近"郁金堂"，穿过"苏合厢"，离开"赏荷亭"，他们走在了柳枝低垂的湖边。

"咱们划船吧？"黄幼衡说。

"行！"颜竞愚痛快地答应着。

真的，当他们到了碧波如镜的莫愁湖里，轻轻荡开双桨，划动湖水，说着莫愁女传说的时候，黄幼衡把刚才的烦恼忘记了，很有感情地背诵起来："河中之水向东流，洛阳女儿名莫愁。莫愁十三能织绮，十四采桑南陌头……"颜竞愚马上念起另一首诗："九月寒砧摧木叶，十年征戍忆辽阳。白狼河北音书断，丹凤城南秋夜长……"

念着念着，她忽然停住了，看着船尾溅起的银色水花，对未婚夫说："你是个军人，打起仗来就会'白狼河北音书断'，说不定我以后也要当'卢家少妇'，在'丹凤城南秋夜长'中过日月了。"

"不！"黄幼衡忙说，"我们要在一起，'音书断'、'秋夜长'咱们都不要！"

"是吗？"颜竞愚说着往未婚夫身边靠得更近了……

这就是他们恋爱中难以忘怀的一页，是永驻心头的甜蜜。但这些怎么能在大庭广众之中说呢？何况此刻他们不愿说，也没有心思说。他们心中想的，是另外的事啊！

新郎和新娘不说，人们也没有过分强求。特别是司仪邵奇萍，也想早点结束这个仪式。等人们又闹了一会后，他就大声宣布婚筵开始。所有参加婚礼的人的注意力立刻转移到吃上去了。

这是一顿别有风味的中餐西吃。每人面前，摆着一个大盘子，盘中盛有各种各样的菜。人们狼吞虎咽地吃着，说着："蛮丰盛的。"

怎么能不丰盛呢？事前，黄幼衡对副官安景修说："把我所有的钱都吃掉吧，反正以后也用不着了。"到底有多少钱，他自己也不知道。他每个月的薪饷，以及五个合法的空名额的钱，都是由副官保管的。平时，他除了和朋友一起吃吃饭，给未婚妻一点上学的钱，其余的钱他不管也不问。哪知道，他的钱并不够这顿结婚筵席，还亏了师长周志道派副官送过来的一大沓儿钞票呢。

别人吃得那么香，新郎、新娘却丝毫没有食欲，一点也吃不下去，应酬一会儿就回到了新房。

投入人民军队后的黄幼衡和颜竞恩

他没有想到，假逃跑引出真逃跑

颜竞愚先离开了婚礼大厅。

踩着朦胧的月色，她感到浑身轻松，如释重负地朝他们的新房走去。远远地，看到门前有一团黑乎乎的东西。她先是一惊，仔细看，原来是那条狗，正支起前腿坐在地上，鼻子朝天，眼睛细眯，对着星星出神，还在为没有能够参加主人的婚礼而生气呢。颜竞愚想起来了，这狗是跟在她和丈夫后边到大厅去的，进门时被拦住了。她顿时感到有点对不住它，走上前抚摸着那光滑的脊背。这狗好像得到了刚才的所失，伸出舌头舔一会儿女主人的手，爬起来用头拱开门，让颜竞愚进了新房。

这是一间苏北极常见的普通房子。土坯垒的墙，用泥抹得很光滑，高粱秆压土的平顶，有些低矮，踮起脚尖伸手就可以摸得到。这房子原来是干什么用的，谁也不知道。但选作他们的新房后显然修葺过。现在一经收拾布置，还蛮像个样子哩。

高粱秆扎起的隔墙，把房子分成了里外两间。里间是卧室，放着一张大床。床是木头做的，床板上先垫一层厚厚的高粱秆和麦草，上面再铺芦苇席和褥子。洁白的蚊帐，撩在红线绳系着的金黄色的帐钩上，雅观而不俗气。外间是会客室，靠墙放着一张老式的古铜色八仙桌，桌上摆着一套琥珀色的细瓷茶具。正面墙上，也贴着一个大红的"囍"字。颜竞愚看着房间的布置和摆设，心里甜滋滋的。这一切，都是她精心挑选的，是按她的设计布置的。不过，想到即将到来的行动，甜蜜之中又掺进了说不清的忧虑和惊恐。她坐在床沿上，一只手来回不停地摩挲着滑腻腻的缎子被。

门外，噔噔的脚步声由远而近。黄幼衡走进屋内，看到妻子正在默默出神，猜测她心里可能想得很多。竞愚是个活泼爱动、好奇心很强的人。在订婚的时候，他们就曾经商量过，等结婚的时候到各处去玩一玩。到昆明去看看滇池、大观楼、西山龙门；到长沙去看看桔子洲、爱晚亭、白沙井；去看看双方的父母亲。特别是颜竞愚，还真想见见公公婆婆呢。丑媳妇都不怕见公婆，何况她是那么漂亮。可是这些美好的打算，如今都变成了不能实现的空想。尽管这些都是她从内心里同意了的，但作为一生中只有一次的终身大事，毕竟不能不令人感到遗憾啊！

"竞愚，你早点睡吧！好好歇一歇，明天还需要应酬，后天还得走路呢！"

颜竞愚疲倦地摇摇头，说："怎么能睡得着呀！"

黄幼衡想活跃一下这凝重的气氛，使妻子高兴高兴，松弛一下紧张的神经，就笑着说："当新娘子太激动了吧？"

"还有心开玩笑呢！你不也是一样？"颜竞愚看了丈夫一眼，嗔怪又带着几分撒娇地说，显得更加温柔。

黄幼衡走到妻子跟前，伸手抚摸着她的肩头，说："怎么，后悔了吗？"

她就势偎在丈夫怀里，抓住抚在肩头的手，说："跟着你到那边去，我永远不会后悔！就是现在心里有点害怕，太紧张了。"说着，她把丈夫的那只手按在了自己的胸口上："你摸摸，跳得多快！"

是啊！在那柔软而有弹性的胸脯里面，一颗真诚纯洁的心，在急速地跳动，如湍急的清泉，似奔腾的足音。他正想说些使她宽慰的话，屋外响起了重重的敲门声。黄幼衡慌忙抽出按在妻子胸口的那只手，边答应边走过去开门。

来人矮小个头，三十左右年纪。他脸色苍白，有些秃顶，稀疏的眉毛下，有一双精明的眼睛，目光里带着些许狡黠，腰间的手枪斜插着，既威风又倜傥。一看就知道，这是个在那种军队里形成的军人。大概刚才走得太急，脸上汗水湿漉漉的，他就是特务营副营长王子云。王副营长的脚还没踏进门槛，就气喘吁吁、神色慌张地说："不好！徐建如跑了！"

"徐建如跑了？"黄幼衡的心顿时咯噔一下，如同被巨石重重撞击了一般。

按说，在国民党的军队里，逃跑是司空见惯的事情。黄幼衡从当参谋，当连长，到当营长，听过见过的太多了，就算是在他的手下，开小差的士兵又何止一个。特别是奉命进攻解放区以来，逃跑的人就更多了。有哪一次，他像今天这么慌张过？

这是非同寻常的时刻啊！早上，他让营部军需沈万荣跟随三分区的刘参谋，带着特务营的行动计划到解放区去了。他所以安排沈万荣去，是为了调开一连连长周廷藩。

一连，是从1944年起就跟随黄幼衡的老连队，三个排长中有两个是黄幼衡从士兵里提拔起来的，对黄幼衡感恩戴德，另一个排长是刚从军校毕业不久的学生，年轻单纯。只有连长周廷藩是黄幼衡在南京复习期间新调来的。此人是师长周志道的堂弟，军阀习气严重，经常打骂士兵，并且吃喝嫖赌，样样俱全，是个争取不过来的死硬的家伙。关于怎么样对待他，黄幼衡和几个骨干一起研究了好多次，想了很多办法。有些人说，反正争取不过来，干脆采取强制措施，把他捆起来押着走，如果他反抗便就地枪决。黄幼衡没有同意，他觉得这样做不妥当。他分析说："杀掉一个周廷藩固然算不了什么，但这在全营绝大多数的人没有思想准备的情况下，杀一个连长，定会引起人心惶恐，弄不好还会出其他的乱子，对整个行动不利。"最后，大家决定了一个办法，采用调虎离山之计，把他调开连队。让沈万荣跟随刘参谋先到解放区去，就是为了调开周廷藩而制造的一个特殊的理由。

中午，黄幼衡派人把周廷藩叫到他们现在谈话的这间新房里。这个好色成性的连长，眼圈发青，牙齿被烟熏得焦黄。他进门后就乜斜着眼睛，看看漂亮的新房，看看房内的摆设，当他的目光落在颜竞愚身上时，眼珠子就不动了，看得直咽口水。颜竞愚尽管很讨厌他这样看着自己，但等他坐下去后，还是送上了茶、烟和糖。周廷藩拿起一支烟，夹在两片翘起的嘴唇上，伸过来，嬉皮笑脸地说："请新娘子点火！"

颜竞愚没有理睬，转身走进了内室。

黄幼衡看着周廷藩的这些举动，心里很不满意，但脸上却一点没有表现出来，而是用着急的口气说："不好了！军需沈万荣带着全营的薪饷，昨天一夜没有回来，可能是逃跑了。"

"有这回事？"周廷藩也很吃惊，大骂道，"这个狗杂种！平常装得挺老实，叫人一点也看不出来。"

黄幼衡观察着周廷藩的脸色，看到他完全相信了，就打断了他粗野的骂声，继续说："营部的人平时和他关系都很好，派谁去追都不妥当，我考虑再三，只有派你去最合适。你看怎么样？"

周廷藩使劲吸着烟，没有说话。他看到营长这样着急，就信以为真，又看到营长对他这样信任，心里非常高兴。但又一想，这可是个不好完成的差事，就有些犹豫起来。

黄幼衡见他拿不定主意，又说："沈万荣是广东人，我估计他可能先到徐州方向，然后再朝南边逃跑。"说着，从手指上取下一个金戒指递了过去，"我因为结婚，身上没有现钱了，这个二钱重的金戒指，你拿去换钱用吧。现在，你就带两个士兵到徐州，把携款潜逃的沈万荣追回来。"

周廷藩一看到金光闪闪的戒指就动了心，暗暗想，有了这个，到徐州后换成现钱，既可以吃喝，又可以嫖女人，就高高兴兴地答应了："既然营长这么信得过我，我坚决服从命令。"

可是，有一个情况是黄幼衡万万没有想到的。沈万荣临走时，把消息透露给了他的好友—— 一连文书徐建如。徐建如心里害怕，就悄悄地逃跑了。因而，沈万荣的假逃跑引出了徐建如的真逃跑。不过，他并没有逃脱，后被从徐州抓回师里枪决了。

此时的黄幼衡虽然还不知道徐建如逃跑的原因，但他担心的是，周廷藩如果在徐州抓到了徐建如，可能就会知道实情，带来不可想象的后果。所以，对于徐建如的逃跑，他比谁都焦急，比谁想得都多。只是当着王子云的面，没有说出来。他怕自己的情绪影响到了王子云，就极力克制住自己躁动的心情，反而用平静的口气问道：

"他为什么会逃跑呢？"

"不知道。"

"他会听到什么风声吗？"

"说不准。"

黄幼衡沉思了一会说："你先回去，注意观察动静，做好应付突然事变的准备。"

王子云答应一声，犹豫地走出了房门。等他的身影完全消失在夜色里之后，黄幼衡才长长舒了一口气，嘴里喃喃地说：

"徐建如怎么会逃跑呢？"

在黄幼衡和王子云谈话的过程中，颜竞愚始终是坐在旁边的。她虽然没有说话，却以女人特有的细心，在察言观色，揣测丈夫的谈话思路。王子云一走，她马上说："我看你对王副营长好像有点不大放心。"

"这个人疑心太重，思想还不是很稳定。"黄幼衡说。

"他不会动摇吧？"颜竞愚担心地问。

"我想不会。原因一是到了现在，大势已经不允许他动摇了；再者，光他的工作，我就做了四十多天呀！"黄幼衡感叹地说。

的确，黄幼衡从南京回到营里以后，用了几乎一半以上的时间和精力与王子云交谈。因为王子云是他在南京复习期间新调来的，在国民党军队中没有背景，再加上对现实有不满情绪，所以黄幼衡认为他是可以争取的对象。于是，黄幼衡经常有意识地找他闲聊。

"你家里来信了吗？情况怎么样？"

"在这兵荒马乱的年头，真是'家书抵万金'啊！就是来信也不会有什么好消息。"王子云叹口气说。

"是啊！你家里不好，我的家里也不会好了，咱们都是云南人。从湖南来到苏北，离家越来越远了。"

"最自由的还要数在军校里的那些日子，无忧无虑。自从到了部队，我就整天担惊受怕的，连一个完整的梦也做不成。"

"你是军校十七期，比我晚一期。"

"我怎么能和你比！你几年前就是营长了，可我呢，到现在还是个副的。"王子云的语气里流露出没有当上正职，没有掌握实权而产生的不满意。

"什么正的、副的，还不都得听人家的指挥？日军投降了，又叫我们来打共军，官兵都不愿意，也还是得来！你还记得从淮阴开往盐阜地区扫荡的情形吧，师长、团长竟然随便下令枪杀老百姓。进了城之后，那些当大官的先抢掠东西，吓得老百姓争相躲避，我们虽然进了解放区，却像瞎子、聋子一样，看不见，听不见，这真是失民心啊！"

王子云没有说话，只是点点头，使劲抽着快要烧到手指头的烟。

几天后的一个晚上，他们又在营部里谈起来。当谈到形势时，黄幼衡感慨地说："我这次在南京复习，看到那些大小官吏们巧取豪夺，吃喝嫖赌，争权夺利。他们为了竞选成功，攀比着请客、送礼、拉选票，高级饭店和餐厅里车水马龙，灯红酒绿。可那些在前线流血卖命的人，却在负伤后缺医少药，残废了也没有人管。我看到不少编余的军官生活无着，拖儿带女地流落街头，沦为乞丐。有的甚至把抗战时候的委任状、勋章、奖章摆在街头讨饭吃，真是'朱门酒肉臭，路有冻死骨'啊！"

"我算看透了。在国民党里，现在是大官大贪，小官小贪，军心、民心都失掉了，失败已成了定局。"

黄幼衡见王子云也和自己有了同感，就进一步说："人家共产党的军队就不是这样。他们纪律严明，能得到群众的拥护。据俘虏后又放回来的官兵们说，解放军官兵平等，不克扣军饷，不打骂士兵，所以士气高昂，作战勇敢。你看，在孟良崮战役中，整编七十四师被消灭得多惨！睢杞战役时，区寿年的兵团又被人家吃掉，连兵团司令本人也被活捉了。"说到这里，他停了停，看看王子云神色凄然的面孔，又语重心长地说："我们从军多年，将要落得惨死疆场或被解放军俘虏的下场，太可怕了，太可悲了！"

王子云又点上一支烟，猛抽一口，摇摇头，问道："你说怎么办才好呢？"

黄幼衡看到时机已经成熟，就说："我这次在南京考试未取，本想不回部队，在后方做生意。但又想，我一无本钱，二无门路，三无能耐，就没敢下这个决心。你知道张杰吧，我在南京见到了他，他告诉我，同事们给他凑了些钱让他回去做生意，他却赔了本，现在流落在扬州一带，连生活也没有着落。我想来想去，觉得只有投奔到共产党那边去，才有出路，才有前途。"

听到这话，王子云先是一惊。他睁大眼睛，考虑了好大一会儿，才使劲扔掉烟蒂，说："你讲得有道理。如果你决心去投奔共产党，我一定跟随！"

想到这些，黄幼衡的心更加警惕起来。为了还没有开始的行动，他花费了多少心血，做了多少工作啊！可不能在最后关头出问题。他站起身来，抱歉似地对妻子说："你先睡吧，我还得出去看看。"

颜竞愚温柔地点点头。

洞房花烛夜，忆起当初巧遇时

洞房里，又剩下新娘颜竞愚一个人，坐在离方桌不远的木凳上。独守空房，虽然有些孤单、寂寞，可是她不但不责怪丈夫，反而从内心里赞成、支持他。丈夫要处理的事情很多，要考虑的问题更多。这种时候，需要的是周到、缜密、细致，一点小小的疏忽和大意，都会露出破绽，酿成难以挽回的大祸。如果那样，他们的美好打算，将要出现的喜剧，就会落得一个悲剧的下场。喜剧和悲剧之间，常常是没有严格的界限的。

她慢慢站起身，走到方桌前，泼掉杯子里的残茶，把茶具摆整齐，把桌子擦干净，又把地扫了一遍，然后走进内室。床上，缎子被整齐地放着，动也没有动。蚊帐还撩在钩上，仿佛等着主人把它放下来。她把被子推到床的一角，把床单弄弄平。她太累了，确实想睡一会，可是心里又对自己说：不能睡，他还没有回来。"结婚的第一天晚上，新娘子是不能独睡空床的，不然一辈子就会老是分离"她想到不知从哪听到的这句话。她当然不相信这个带有迷信色彩的说法，可还是想图个吉利。她愿意和他白头偕老，永不分离。她爱他，第一次见到他时，就钦佩和感激他的正直。

那是四年前的十月，裹着凉意的风，吹黄了树叶，吹枯了野草，吹谢了花朵，只有枫叶红彤彤的，如同血染的一般。就在这萧瑟的秋天里，日本侵略军的枪弹炮弹，使益阳市本来就惶惶不安的生活，完全陷入了侵略者的铁蹄之下。逃难！逃难！逃难！失掉家乡，失掉亲人的中国老百姓，成群结队地涌出城门，洪水似地向没有日军的地方奔去。刚从益阳省立第五师范学校毕业的颜竞愚带着妹妹，和女同学金伟等人一起走出学校门，加入了这逃难的行列。颜竞愚十九岁，金伟比她大一岁，二十整。

逃啊！逃啊！身后是日本侵略军野蛮凶残的炮火、枪弹和狞笑，路上是惊恐的身影、脚步和裂心的哭声。她们爬上一道道山，涉过一条条河，脚上打满了血泡，衣服沾满了尘土，饥饿始终追随着她们，可是她们一步也不敢停留。十八九岁的姑娘啊，如果落在日军手里，后果是可以想象的。失掉祖国，失掉家园的人民，悲惨的命运就是这样啊！

滚滚奔流的资水，翻腾着白色的浪花，汹涌澎湃地向前流淌，是愤怒的呐喊，还是呜咽的哀泣？逃难的姑娘们没有来得及细听，就急急忙忙地跨过一座破旧的小桥，心里才略略镇定了一些。尽管那青天白日帽徽下射出的是淫邪的目光，但幼稚的少女们还是天真地以为，他们毕竟是中国的军队，他们在拦击着日军，精神上也有了一种安全感。

住在这里的，是国民党第一百军。当时，日军攻占了益阳、宁乡，企图打通汉广线。一百军就沿着湘黔公路节节抵抗，一个团打几天，消耗敌军弹药，杀伤其部分有生力量，然后撤到后边构筑工事，准备再战，并且由另一个团进行阻击。

十月，一百军撤到资水西岸，在湘西一带与日军作战。惊魂未定的女学生们，要求在这里休息一下再走。一位军官同意了，并让她们住在了特务营里。

所谓特务营，就是军部的警卫营，营长黄幼衡，只有二十五岁，被人叫做"小孩营长"。颜竞恩和金伟等女学生看到，这个"小孩营长"不但英俊潇洒，还和别的军官不一样。他不抽烟，不喝酒，也不打骂士兵，还常和士兵一块打篮球，或者找块清净的地方，一个人捧着书念英语，简直像个青年学生。士兵们也都非常喜欢他、尊敬他。

一天，军长李天霞来了。他四十多岁的年纪，是黄埔军校第三期毕业生，肩头闪着金晃晃的中将军衔。他原是这个军五十一师的师长，1943年底，军长王耀武升任第四方面军司令，李天霞就当了一百军军长。

这位中将军长高高的个头，瘦瘦的面孔，稀薄的头发。因为接当军长不久，所以一双眼睛闪着咄咄逼人的光，给人一种严峻而雄心勃勃的感觉。可惜他的牙齿稀稀拉拉，还镶着一颗黄灿灿的门牙，手里总是拿着根牙签，不时地剔着牙缝，真是有点不雅观。他看到眼前有几个女学生，心里禁不住一动，目光也变得温和了下来，走上前满脸堆笑地问道："你们是来干什么的？"

"几个从益阳逃出来的学生。"一个军官代替姑娘们作了回答。

李天霞上下打量着这几名女学生，过一会又问："你们是哪个学校的？"

"益阳省立第五师范学校，

李天霞

25

今年毕业的。"金伟回答。

"哦，你们这是到哪里去啊？"

"还没出学校呢，日本人就打来了，我们还没来得及找到工作呢。"颜竞愚说。

李天霞把牙签伸进嘴里，剔了剔牙说："你们是教书的，好呀！我们正准备办个子弟小学，你们就留在这里教书吧。"

对于刚毕业就逃难的女学生们来说，这当然是求之不得的。金伟点点头，颜竞愚也表示同意。李天霞当即说："那好吧，现在这里正在打仗呢，你们先到后方留守处去住下来，等战事缓和了就来教书。"

颜竞愚送走妹妹和其他几名同学，就与金伟一起到了一百军的后方留守处住下来。

一个月后，一百军和日军隔着资水互相对峙。李天霞下令部队休整，并叫人把金伟和颜竞愚从留守处接到前方军部。李天霞以庆祝胜利和休整为名，在部队里每天晚上举办宴会。他还请这两名女学生参加，通宵地跳舞，但是一个字也不提办子弟小学的事情。颜竞愚不断地问："军长，子弟小学什么时候开学啊？"李天霞总是说："不要着急，很快就开学，很快就开学了。"

王耀武

特务营长黄幼衡，负责站岗放哨，保障警卫军部的安全。不论是宴会还是舞会，他都可以随便进出。他看到，在宴席上，军长的目光总是盯着金伟的脸蛋和身上，舞会中间，也总找金伟跳舞，就很替这两名女学生担心。他跟随李天霞多年了，深知这个军长非常好色，总是打女人的主意，几乎每年都要换一任老婆。他如果今年看到一个年轻漂亮的女人，就把去年的扔掉，明年看到更漂亮的，再把今年的扔掉。黄幼衡明白军长的心思，所以当李天霞说"很快就开学"时，他不禁在心里嘀咕："什么很快就开学，根本就没有。他也没有准备办什么子弟小学，而是在准备换老婆。可是这两个女学生不但丝毫没有觉察，而且还天真地信以为真，这太危险了！"

这一天，"小孩营长"黄幼衡特意让伙房做了几样菜，请金伟和颜竞愚吃饭。吃饭中间，他把卫兵支开，又站起身看看门外和窗外有没有人，就压低声音说："你们逃难到这里，无家可归，无处可去，无事可做，也真是不容易呀！"

两个姑娘看到这位"小孩营长"如此同情她们的处境，心里十分感激，说："等赶走日本侵略军就好了。"

"那你们打算什么时候走呢？"黄幼衡弦外有音地试探着问道。

可惜这两位聪明的姑娘并没有理解这位营长话中的意思，一齐瞪大了眼睛，以为黄幼衡是在客气地赶她们走呢。颜竞愚软中夹硬地说："军长不是让我们留下来教子弟小学吗？我们不走了。"

黄幼衡听出了颜竞愚话中的不满。他看着面前的两个女学生，她们的眼中有多么清澈、多么单纯的目光啊！该怎么对她们说呢？他夹起一箸菜，又慢慢放了回去，迟疑了好大一会儿，才把声音压得更低地说："其实我们这里没有什么子弟小学。"

两个姑娘看着黄幼衡，疑问的目光似乎在说："军长说有，并且很快就要开学，你怎么说没有呢？"

黄幼衡看到两位姑娘还是没有领悟到他的用意，只得把话说得更明确一些："李军长在私生活上不太讲究，你们可要警惕，千万别上当啊！"

颜竞愚和金伟立刻惊呆了。少女的心是敏感的，她们当然很明白，面前这位营长要他们"警惕"的具体含义是指的什么，"千万别上当"也是十分清楚的。两个姑娘原本红润的脸上，立刻布满了惊恐、慌乱和害羞的神色。她们的两双眼睛像被猎人追踪下的麻雀，一时不知道怎么办才好。

"不要着急，我们慢慢想办法。"黄幼衡安慰着她们，接着又嘱咐一句："不过可千万不要说是我告诉你们的。"

听到黄幼衡所讲出的真相，颜竞愚和金伟再也吃不下去饭了。回到住处之后，她们又小声地议论起来：

"我看这个黄营长说的话是真的。"颜竞愚说。

"怪不得那个李军长对我们这样热情呢，原来是黄鼠狼给鸡拜年——没安好心！前几天跳舞的时候，他的手就不老实，眼睛老是死死地盯着我！"金伟回想起几天以来的情景，更感到后怕，脊背也好像要渗出冷汗。

"那是想娶你当太太呗！谁让你那么年轻，长得又那么漂亮！"颜竞愚微笑地望着同伴。

"真该死！人家的心都急炸了，你还在这说俏皮话取笑我，白和你要好了！"金伟着急地说，打了女友一拳。

颜竞愚收住了笑，说到："你说咱们该怎么办呢？"

金伟说："咱俩偷偷地逃走吧！"

"怎么能走得脱啊！他不会放我们走的。再说了，咱们走了，黄营长要是因此受牵连，咱们不是对不起人家吗？"

该怎么办呢？两个姑娘趴在窗台上，双手托腮，双肘支在窗沿上，谁也想不出个脱身的法子。

夜色冷清，秋风轻轻地吹拂，凉意阵阵袭人。远处，山峰影影绰绰，仿佛是狰狞可怕的怪兽，正对着姑娘们窥视。星星眨着疲倦而又闭不上的眼睛，向姑娘们传递着不知含义的眼色。

秋风，请告诉姑娘们吧；星星，请告诉姑娘们：怎么办？

　　说来也巧。又过了一天，颜竞愚收到了一封信，是母亲托人转来的。信上说，她父亲被日本人打死了。这是一个悲痛的消息，可也为姑娘们的离去送来了一个名正言顺、光明正大的理由。她们立即公开了这封信，说是必须要回去料理后事，于是，她们离开了一百军的军部。

　　当颜竞愚和金伟赶回家时，竟意外地看到了父亲，因而也就知道了真情。原来，颜竞愚的父亲确实被日本人用枪打伤在稻田里，当时流了很多血，情况十分危险。但是万幸被当地的农民救了起来。两位姑娘一听，更加高兴了，她们既庆幸老人的安在，又庆幸自己逃出了危险的地方。因此她们从心底里更加感激黄幼衡，特意给他写了一封信表示感谢。在这里，她们在乡村小学教了半年的书，之后就进了汉口一家工厂的子弟小学。她们常给黄幼衡写信，也常收到黄幼衡的来信……

　　颜竞愚回忆到这里，自己都觉得好笑。她读过许多古书，看过很多的古戏，也听到过许多小姐遇难、公子搭救之后从而互生爱慕之情并终成眷属的爱情故事。可是她万万没想到，自己和丈夫的爱情婚姻竟然也这么富有传奇色彩。

　　想到这里，狗扯了扯她的衣角，她马上回过神来，原来是丈夫回来了。她忙站起身，问刚走进门的黄幼衡："有什么动静吗？"

　　"没有，一切都很正常。你怎么还不睡，在想什么呢？"

　　"我在想我们第一次见面时候的情景，真有意思。"

　　"转眼都快四年了，时间过得真快啊。没想到咱们竟然成了夫妻。"

　　"这就叫有缘千里来相会。"颜竞愚说着看看丈夫，脸上泛起了红润，问道："你第一次看见我的时候，想到什么了吗？"

　　"什么也没想到，只觉得你还是一个小丫头，一个不懂世事的女学生。"

"去你的！"颜竞愚娇声说："你为什么要把李天霞想打金伟主意的事情告诉我们？"

"我同情你们，怕你们只想着教书，结果受人欺负。"

"在盐城时，你怎么会想到要把我介绍给参谋主任呢？"

"以前你总是同金伟在一起，她和炮兵营长结婚后，我看你一个人太孤单了。"

"你就没想到自己吗？"

"没有"黄幼衡老老实实地说，"当时我不愿打内战，一心想考陆军大学，离开前线，所以根本没有考虑要结婚的事。"

"那后来怎么又要和我订婚呢？"

"那是因为——你爱我！"

"谁爱你？谁爱你？"颜竞愚举起两个拳头，轻轻捶打着丈夫的胸脯，撒娇地说。

黄幼衡就势抱起了妻子。

一位不速之客前来祝贺新婚

婚后的第一天，应该是甜蜜的。现在正是整训期间，黄幼衡本来可以请假，和新婚妻子厮守在一起，或者并肩在不太宽敞的县城街道上逛一逛，或者到野外去观赏一番北方盛夏的景色。可是，此刻的黄幼衡，却不能有这样的闲情逸致，他放心不下他的那几百名官兵，放心不下那即将到来的重大行动。所以，天刚刚放亮，他就出门了，直到吃中午饭的时候才回来。

整整一个上午，从营部到一连，从机炮连到三连，他把全营都看了一遍才放下心来。炎炎烈日下，有的士兵以排为单位在训练，有的以连为单位在演习，有的则做着全营演习的准备，一个个汗水淋淋。官兵们看到他，都说："营长，你今天怎么还来呀？"言外之意是说，怎么不守着老婆过蜜月。

"来看一看。"他漫不经心地回答。

有的军官和老兵则开起玩笑："新娘子没有扯后腿呀？""那么漂亮的新娘子，一个人在家里多孤单！""这里你放心好了，快回去陪新娘子玩吧！"……

对这些话，他没有回答，只是一笑置之。心里却在想，我怎么放得下心啊！他向连长、排长们交代完了注意事项，才满意地往回走。酷热的太阳，挂在头顶上，像火烤一般。身上出了汗，衣服也湿了，但他根本没有察觉。对于专心致志的人来说，除了他所凝思的问题以外，其他一切都不存在。

当黄幼衡经过通信营门前的时候，营长邵奇萍看到了他，远远地就大声喊道：

"幼衡，你干什么来了？"

"没有什么事，到各连随便看看。"黄幼衡停住脚步回答。

"到屋里来坐一会儿吧？"

"不去了，从早上出来还没有回去呢。"

"新娘子是自己送上门来的，跑不了！"

黄幼衡笑笑说："该吃午饭了。"

邵奇萍打量了黄幼衡一会，想留他在通信营吃饭。他们过去经常这样做，他自己也在特务营吃过不少饭，边吃边交谈，无拘无束。可又一想，这是人家结婚后的第一天，就没有开口。不过，他的眼里还是透露出一种疑惑的神色。黄幼衡趁机说一声："以后再说吧。"就急急地离开了。

黄幼衡回到新房时，颜竞愚已在外间的方桌上摆好了饭菜。见丈夫进屋，她忙端上来一盆凉水。清凉凉的水里，泡着一条洁白的毛巾，上面绣着"祝君平安"四个红字，显得更加鲜艳醒目。黄幼衡对妻子感激地笑笑，伸手拧干毛巾，擦掉脸上的汗渍，又解下腰间的武装带，坐到了桌边。

颜竞愚顾不上吃饭，问道："没有什么动静吧？"

几天来，这句话成了她的口头禅，只要丈夫从外边回来，她第一句话总是这样问。黄幼衡理解妻子的这种心情，于是赶快回答："没有，一切都还正常。"

他夹起一点菜放进嘴里，然后问，"你上午睡一会儿了吗？明天开始要走很远的路，我担心你会受不了的。"

"我不困嘛！"颜竞愚看了丈夫一眼，说："师长太太送来了信，说是请我们去吃晚饭。"

"咱们马上就要走了，来不及吃他们的饭了。"

"我原来也是这么想的。可是又觉得，如果一定不去，反而会引起他们的疑心，因为我曾经住在他们家复习功课，是常吃他们家的饭的，所以就答应了。即使咱们吃了他们的饭，还是照样走，有什么关系。"

她想得也对啊，自己只想着走，就没有考虑得那么周到。女人倒是有心细的长处。黄幼衡看看妻子，心想她已经不是几年前的那个头脑简单、不谙世事的女学生了。他又想起了昨天的情景。周志道让副官捧来一沓用红纸包着的钞票，说是送给他们结婚的贺礼。黄幼衡执意不收，认为很快就要离开这位师长了，怎么还能再要他的钱呢？弄得那位副官放下也不是，拿走也不是，大有不悦之色。这时，颜竞愚走过来说："这是师长对我们的一番美意，不收下就是对师长的不尊敬。"说得既含蓄又体面，恰到好处。等副官走后，颜竞愚对黄幼衡说："人家把钱送来了，我们一定不收，他可能会不高兴。再说，我们把这些钱带过去，交给解放军，说不定以后到这边来侦察什么的还会用得上呢。"

想到这里，黄幼衡笑着对妻子说："好！还是你想得周到，刚结婚就成了我的好夫人，和我站到一条线上了。"

颜竞愚的脸上泛起一丝绯红，斜了丈夫一眼，说："早就和你站到一条线上了，跟你在一起，永远不变心。"

"好妻子！"黄幼衡赞扬地说，"那你得听我的，吃完饭我们都好好睡上一觉，养精蓄锐，准备晚上赴宴，然后夜里赶路。"

"要得。"颜竞愚高兴地说。

可是吃完饭后，还没等他们上床，屋外就响起了敲门声。

来者是师部的执法队长。矮墩墩的个头，胖乎乎的圆脸，一双眼睛，既有鹰一样的机警，又有狼一样的凶残，仅仅这一副长相，就让人从心里感到害怕。

看到他，黄幼衡的心中不由得一愣。这位不速之客来做什么呢？此人是师长周志道的老乡、亲戚，是亲信中的亲信，同时又担负着"执法"的要职，谁不怵他几分？别看人们当着面对他毕恭毕敬、笑脸相迎，可是背地里却骂他是"瘟神"，是"灾星"。确实也是这样。平时，只要他出现在哪里，哪里就会降临祸难，不是有人被抓，就是有人被审讯，甚至有人被杀头。

刹那间，一连串的猜测掠过了黄幼衡的脑际：莫非是刘参谋和沈万荣路上出了事，他们拿到了证据？莫非是周廷藩在徐州抓到了徐建如，知道了我们的内情？莫非是什么地方不慎露出了马脚，引起了他们的怀疑？开始，他真有些惊慌和疑惑，但立即又镇静了下来，装出恭恭敬敬的样子，把这位"瘟神"请进了屋里。

也许是出于职业上的习惯，执法队长跨进门先四处看看，才大声说："黄营长、颜女士，兄弟我祝贺你们新婚大喜！"

"岂敢！岂敢！太客气了！"黄幼衡表面上装出很高兴的样子说，心里还是猜测不透这颗"灾星"带来的是吉还是凶。

颜竞愚不认识这个人，当然也就没有想得像黄幼衡那样多。她端来一杯茶和一些糖，微笑着对坐在桌边的执法队长说："请！"

执法队长端起杯子，吹了吹漂在水面的茶叶，喝了一口，又剥开一块糖放进嘴里，舔舔嘴唇，看着颜竞愚说："真甜！喜糖嘛！真甜！"

颜竞愚一转身，碰到了丈夫的警惕的目光，马上意识到眼前的这位不是一般的来贺喜的人，就惴惴不安地走进了里间的卧室。

黄幼衡仍是很客气地说："这么大热的天，还劳队长亲自来，小弟真是不敢当啊。"

"哪里哪里，兄弟本当来恭贺。"执法队长说完这些话，突然转了话题，问道："黄营长，现在特务营的编制情况怎么样了？"

问这些干什么？黄幼衡心里更加狐疑起来。他从南京考完陆军大学回来以后，对特务营的现状做了分析，发现比他去复习时有了很大的变化。和他一起很久的、可靠的副营长劳琨，因患肺病住进了后方医院，王子云调来当副营长。一连连长戴金城也离开特务营，调周廷藩来接任。机炮连是新建的，军官全部都是从别处调来的。三连是前师长李天霞借走二连后，由四十四旅调来的一个连队。为此，黄幼衡做了一些人事上的调整：他做好王子云的工作后，就报请师部调走三连连长，由王子云兼任，他又把安景修调到三连任一排长，把一连跟他多年的副排长陈秉衡提升到三连当二排长，再把信得过的副排长罗金荣提升为三排长……

对于这一切的安排，黄幼衡都是经过了周密的思考、精心安排的。每个变动他都清清楚楚，熟记在心，可是这些是绝对不能告诉前面的这位执法队长的。所以，他就打起了哈哈：

"说来惭愧，兄弟离开营里近一年的时间了，复习考陆军大学，最后还是名落孙山，虽然挂着营长的头衔，也没有管营里的事情。回来之后又忙着准备婚礼，营里的情况，说不定老兄比我还熟悉呢。"说到这里，他摇摇头，显得很忧虑的样子说："补来的新兵太多，我正想利用这次整训的机会，好好训练训练呢，现在还看不出明显的效果。"

坐在隔壁卧室里的颜竞思，心里也不平静，像揣着兔子一样，蹦蹦直跳。从外屋的谈话中，她已经知道了来人的身份。

听到那人提出的问题，她也捏了一把汗。随后，她又听到丈夫语气沉稳的回答，觉得没有什么破绽。

执法队长看看黄幼衡，又问：

"特务营的三个连，你认为哪个最好？"

黄幼衡搪塞地说："我回营的时间太短，又没有打过大仗，现在还看不出来。"

执法队长点点头，又问道："现在营里的武器装备怎么样？"

"武器还好，最近换了一批新的，看来保卫师部的安全是不成问题的。"黄幼衡简单地做了回答。

他说的是实话。在做好思想准备、人事调整的同时，黄幼衡向师长周志道、参谋长崔广森说："现在同共军作战，师部的警卫十分重要，不仅行军作战要加强保卫措施，即使驻防宿营，也要修建工事，防止共军突然袭击。特务营需要加强火力配备和充实人员，才能保证师部的安全。"

周志道和崔广森当然懂得，所谓师部的安全，也就是他们的安全。张灵甫的被击毙，区寿年的被生俘，在他们的脑海里记忆犹新。如今有人提出要加强对他的保卫措施，哪有不同意之理。于是，当即就接受了黄幼衡的建议，命令军务处加强特务营的火力配备，补足兵员差额。很快，特务营步兵连的每个班都新换上加拿大轻机枪一挺，冲锋枪两支，步枪三至五支，机枪连也将全师仅有的两挺美造高射平射两用轻便新式重机枪弄到了手。全营弹药全部补足两个基数，马增加到十八匹。

深知武器重要的黄幼衡，仍然觉得不满足。一天，安景修说："卫士排使用的都是德造二十响快慢机，我们要想办法弄一些来。"

"你到军务处去领几支。"黄幼衡说。

"我问过军务处，说没有库存的了。"

"那怎么办？"

"我到卫士排去想想办法，让他们交出一些。你再和军务处讲讲，请他们把卫士排交回去的都发给特务营。"

安景修真的找到了卫士排，对排长黄起升说："现在是啥时候，共产党一贯搞掏心战术，你们卫士排全是短枪，这样怎么能保证师长的安全？还不赶快去领两挺轻机枪来，加紧训练射手，好对付共军的掏心战术。"

这个卫士排长当然不知道安景修使用的也是掏心战术，果然请示周志道同意，领了两挺轻机枪，交回十一支二十响的快慢机。这些快慢机全部被特务营领来了，分给一些骨干和通信班使用。

执法队长没有再问什么。对于这位不速之客的真正来意，黄幼衡还是没有弄清楚。当然，这时的黄幼衡已经知道，周志道已经决定提升他当军官训练营大队的中校副大队长，但并不知道要派执法队长来接替特务营长的职务。这位执法队长就是以祝贺新婚为名，先来摸情况的。

黄幼衡送走执法队长后，看到他没有表现出什么异常，才略为放了些心。回到屋里对妻子说："我还以为他发现了什么，要来执我们的法呢！"

"也吓了我一跳！"颜竞愚说。

平静又不平静的下午

执法队长走后，黄幼衡完全没有了睡意。他默默地坐在桌边，既没有到营里去找别人，也没有人来找他。他感到身体太疲惫，精神太紧张了，想利用这个有限的时间歇一歇，松弛一下脑子中绷得紧紧的弦。几天来，处在高度亢奋状态中的大脑，一次又一次地受到冲击、震动。徐建如的逃跑，执法队长的突然光临……耗费了他巨大的精力和体力。所以，此刻的他虽然坐在新房里，和新婚妻子面对着面，却一句话也不想说，只是沉思、沉思。

俗话说，哪个女人不懂得心疼男人！颜竞愚看到丈夫这样的疲惫，心里十分着急：这样下去怎么得了，会把身体累垮的。尽管她自己也是腰酸腿疼，极度劳累了，但她还是极力忍耐着，温柔体贴地对丈夫说："幼衡，你先睡一会儿，哪怕是一小会儿呢，我在这看着门，有事的话立刻叫醒你。"

"不！还是你睡吧，你也相当累了。"黄幼衡摇摇头说，"已经到了这个时候，我睡不着，也不能睡。"

颜竞愚是妻子，她当然理解丈夫的心情，知道即使是强迫他睡觉也是睡不着的。她不愿打乱丈夫的思绪，影响他的思考，就沏上一杯浓茶，悄悄地加上些白糖，放在丈夫面前，说："我到外面去走一走。"

黄幼衡点点头，目送妻子走出房门。

苏北的八月，是一年中最热的季节。而午后又是一天中最热的时辰。空气中弥漫着热气，地面上蒸腾着热气，连树枝上的蝉的叫声，也是"热！热！热！"这间无遮无盖的新房，既闷又热，只在屋里坐着，都汗水淋淋。黄幼衡好像没有察觉，汗湿的脊背靠在木椅上，眯缝着眼睛，似睡似醒，迷迷离离，眼前是杂乱的互不相连的画面。

徐建如在惶恐地逃跑，像兔子害怕猎人的枪一样，慌不择路。一会儿沿着田间狭窄的小路，深一脚，浅一脚地奔走，衣服上沾满水点泥星；一会走在城市的街道上，穿着新买的便衣，帽檐拉得低低的，躲躲闪闪，生怕被人认出来……

那是周廷藩。他离开丰县城，直奔徐州市而去，在火车站等处转了一圈后，就支使开两个跟随的士兵，把黄幼衡给他的二钱重的金戒指换成一小沓钞票，独自走进了一家妓院，急不可耐地与打扮妖冶的女人调笑起来。这个见了女人就心里痒痒、腿脚迈不动的好色之徒，只顾尽情地发泄性欲，哪里会想得到自己已经成了光棍连长。

那是周志道。他听说特务营投奔了解放军，气得像疯了一样，脸像一块煮熟的猪肝，歇斯底里地喊道："清查！清查！凡是与黄幼衡有关系、有来往的人统统清查，该撤职的撤职，该法办的法办，该枪毙的枪毙！"接着响起的是尖厉的枪声……

黄幼衡猛地一惊，揉揉眼睛，惊慌地看看屋内，方桌、茶具、"囍"字都照旧，他才发现是自己打了个盹，还做了个梦。

他轻轻地舒了口气，又想到刘参谋和沈万荣，猜测他们如何穿着国民党军队的服装，顺利地通过一道道岗哨，应付过一次次的检查和盘问，安全地到到达解放区；如何向分区首长汇报了特务营起义的时间、行动路线和联络信号；首长们如何调动接应的部队，动员群众们做着欢迎的准备，锣声、鼓声一个劲地响……

这位刘参谋是人民解放军冀鲁豫军区三分区派来的，是那次跟着张杰一起来的。他精明强干，机智敏捷，凡事想得很周到。他能勇敢地来到这里，又能顺利地回去，真是有办法啊！不像这边的人，刚潜入到那边，就被抓住，而且还是被民兵和武工队的人抓住的。他曾听张杰讲过到解放区去联络的情景。

一望无际的平原上，高粱晒红了粒，玉米吐出绛紫色的缨，千里田野上，到处散发着泥土和庄稼的气息。张杰和营部文书潘俊臣受黄幼衡的重托，离开了特务营，前往解放区去联络，并且来到了山东和江苏交界的地方。八九点钟的时候，他们走进了赵庄，打算在这里稍事休息，可是发现四周有保安团和穿着便衣的国民党军队的侦察人员在走动。他们生怕碰到师部谍报队的人，所以未敢歇脚喝水，就不动声色地退出了村子，朝着解放区的方向继续前行。他们为了避免碰上国民党军队的便衣人员和保安队，或者遇到村庄、行人，就尽量设法绕道避开。大约又走出了四五里地，估计已经进入解放区了，他们才取下军帽，摘掉领章，小心谨慎地观察着周围的动静。在一个岔路口上，张杰看到前面不远处有一个独户人家，便对潘俊臣说："你在这个路口警戒一下，我去那边找些水来，顺便跟人家问问路。"

这户人家里只有一个老太太，看样子有六十多岁，张杰讨些水喝了，问道："老大娘，这里离大陈庄还有多远？"

老太太上上下下打量了张杰一会儿，摇摇头，表示听不懂他的话。张杰觉得不好再多问，便回来和潘俊臣商量，准备立即离开。

正在这时，从旁边的玉米地里走出来一位五十多岁的老汉，问道："你们要去哪里？"

张杰马上答道："到大陈庄去。"

老汉抬手指了指西边，阴沉着脸说："前面就是单县，属共产党管。你们不是本地人，到大陈庄去干什么？"

张杰的心里一惊：这个老汉一眼就看出我们不是本地人，好厉害的眼睛呀！他害怕老汉再盘问，含含糊糊地回答一句："找亲戚去。"就和潘俊臣一起辞别了老汉，匆忙向前走去。

走在两边长满玉米、高粱的小路上，张杰急促的心跳还没有平静下来。他是深知共产党和解放军的，深知解放区的人民群众的。1939年初，十七岁的他就参加了新四军，年底又加入中国共产党。一年以后，发生了震惊中外的"皖南事变"，他所在的部队被打散，他也被俘虏。逃跑后，又被抓壮丁补到国民党五十一师骑兵连，连长就是黄幼衡。当时他想，跑又跑不掉，现在是抗日时期，在这里也可以打击日本侵略军，就留下了。蒋介石发动内战以后，他不愿进攻解放区，不愿去打他曾经生活和战斗过的人民解放军，就离开了国民党军队，想以经商为掩护，寻找和共产党的关系，所以就回到了家乡扬州一带。可是，他费了很多周折，既没有找到和共产党的关系，做买卖又没有路子，几个军中要好的同事凑得的一些资本也赔了进去。就在这时候，他到南京遇见了黄幼衡，参与并组织了黄幼衡策划的行动……

潘俊臣和张杰的心情不完全一样，他毕业于汪伪的华东大学，因为思想偏激，被国民党的特务戴上一顶"红帽子"，别人说要逮捕他。他逃到江北以后，又被整编八十三师抓住了，准备判处死刑。黄幼衡看到他是个大学生，并写得一手好字，就对军法处说："没有确凿证据就枪毙，实在太可惜了。"军法处也乐得顺水推舟，就释放了潘俊臣，之后，黄幼衡就让他到特务营营部当了代理文书。潘俊臣感激黄幼衡的救命之恩，对国民党军队怀着仇恨，所以当黄幼衡向他说了投奔共产党的真情，让他和张杰一起到解放区去取得联系，并且一路上要服从张杰的指挥时，他当即满口答应了。

张杰和潘俊臣两人，沿着玉米地边又走了三里多路，一座小院出现在眼前，门前站着一位四十多岁的中年妇女。张杰走上前去问道："大嫂，这里是什么地方？到大陈庄还有多远？"

中年妇女什么也没问，爽快地回答："还有十里，你们是在前面问过路的两个人吗？"

张杰感到很吃惊：她怎么知道我们在前边的路上问过路呢？便压制住心头的恐慌，故作镇定地说："是的，您是怎么知道的？"

中年妇女伸手撩撩额角的头发，笑笑说："俺和他家隔得不远，你们走错了路，那位大爷已经来过。"说着，她主动端出水来，让张杰和潘俊臣喝，并且问道："你们吃过饭没有？"

"肚子早饿了！"潘俊臣抢先说，然后又转过脸对张杰说："在这里吃点饭，休息一下再走吧？"

张杰考虑到这里是解放军和国民党交界的地方，双方都会有特工人员在此活动，随时会出现意外的情况，不宜久留，就对潘俊臣使了个眼色说："时候不早了，到地方再吃饭吧。"

潘俊臣马上领会了张杰的意思，赶忙点点头。于是，两个人谢过中年妇女，然后又上了路。中年妇女热情地说："走小路会迷失方向多走冤枉路，你们就走大路吧。"

他们刚走出大约两里地，突然听到背后有人大声喝道："举起手来！"与此同时，左右玉米地里走出八个手端步枪，身穿便衣，头扎毛巾的壮汉。所有人迅速地从四面围拢过来。

张杰看了看来人，脑子里急速地做着分析和判断。国民党军队的便衣侦探携带的是手枪，谍报人员则不带武器，也不集体行动。面前的这些人，肯定是解放区的民兵或者武工队员。他这样想着，感到有点放心了。这时，他又看到有个人把手中的枪交给了另外的人，走上前来把他们两人身上搜查了一遍，见没有携带武器，就准备用绳子把他们捆起来。张杰忙说："用不着捆。你们八个人都有枪，我们只有两个人，又没有枪，还会跑掉不成？"

有个带队模样的人，听到张杰的话，就示意其余的人放下端着的枪，走到潘俊臣面前问："你们是从哪里来的？到这里想干什么？"

潘俊臣说："我们是国民党整编八十三师特务营的，到这里来找亲戚。"

"胡说！你们是开小差的逃兵。"那个带队的人大声说。

张杰赶忙插嘴说："我们是送情报给你们的。"

"你们知道我们是什么人？"

"你们是解放区的武装工队或民兵。"

"你怎么知道的？"

"这里是单县地界，国民党的七八个武装人员不敢来这么远的地方活动。还有，你们的态度和蔼，不像国民党便衣那么粗暴。再说，国民党便衣用的都是手枪，你们用的是步枪，所以一看就知道你们是共产党领导的武工队或民兵。"

那个带队的人同其他人小声商量几句，就把他们带到了一个村庄，村头站着很多观看的人民群众。张杰和潘俊臣看到，人群中有他们在路上见到过的那个五十多岁的老汉和四十多岁的中年妇女……

也就是那一次，黄幼衡要张杰到解放区联系时提出四点要求，即一不缴枪；二不编散；三要编入野战军序列，不要编进地方部队；四要配齐政治工作人员，进行短期教育和休整。对于这几条，三分区当即报告冀鲁豫军区得到答复，让张杰带回了，军区电报上还有一条："起义成功后，组织起义的主要领导干部，按原职提升两级，一般干部按原职提升一级，携带的武器装备，按军委规定，给予物质奖励。"

同时，张杰还领来了三分区刘参谋。

明天就到那边去了，黄幼衡心里想。

请者有意，吃者无情的家宴

颜竞愚端来一盆凉水，又倒上些热的，动作麻利地洗过脸，又擦了一擦身上，就进到里屋，对着镜子打扮起来。

她在脸上、脖子上扑了粉，又在头上、身上擦些香水，拿起梳子梳着那烫过的乌黑的头发。镜子里，映现出一张好看的脸：明亮的眸子，细挑的眉毛，微翘的鼻子，洁白的牙齿，她不由得停住手，发呆地欣赏起来。原来，自己真的很美呀！

"竞愚，还没好？师长又该派人来叫了。"黄幼衡说着走进里屋，看到妻子打扮得这样入时，就走近前，紧紧地把她抱在怀里，不住地说："比昨天晚上还漂亮！"

颜竞愚从镜子里看到丈夫抱着自己的形象，感到不好意思，蹬着腿，用手里拿着的梳子，轻轻敲打着丈夫的肩膀，娇声说："好了好了，小心让人家看见！"她挣脱出来，把梳子、粉盒、香水瓶等收拾在一起，拍拍衣服上的头屑，又扯起衣角弄弄平，就随着丈夫走出了新房。

太阳正在落下去，远远的西山衔着个橘黄色的大火球，辐射出万道霞光。霞光洒在房顶上、树叶上、地面上，好像涂了一层淡淡的金粉。气温也开始下降，不再像中午那样炎热了，微风吹过，带来一丝丝凉爽和惬意。这里的黄昏，也是很美的。

按说，对于新婚夫妇，这是个多么美好的时刻！在铺满霞光的小径上，并肩漫步，轻声细语，或者回味着过去甜蜜的日月，或者憧憬着未来如花的前景。可是，黄幼衡和颜竞愚却无心观赏这黄昏的景色，甚至连话也没有说，就急匆匆地走进了一座岗哨森严的小院。

这里是师长周志道的家。灰瓦灰砖的房屋，高高的门楼。门两旁，蹲着一对雕工精巧的石狮子。黑漆的大门上，有几处油漆已经脱落，贴对联的痕迹还隐约可见。院内很宽敞，栽着杏、枣、梨等果树和一些花草。杏已摘过，密密的叶子，已经开始萎蔫变枯。枣和梨还青青的，隐现于绿叶之间，好像慑于不可抗拒的威严似的。枣树下摆放着一把躺椅和茶几，这是周志道歇息乘凉用的。木窗格子上的白白的纸，显然是新糊上去不久的。虽然没有雕梁画栋，但在北方普通的小县城里，这小院算得上是最好的所在了。据说，这原是一家财主的公馆，打仗以后，财主逃跑了，八十三师来到这里，周志道就住了进来。

黄幼衡和颜竞愚刚进门，周志道的太太就迎了上来。她四十多岁的样子，小小的脚，是幼年的时候缠裹而成的，后来虽然放开了，但她走起路来还是颤颤的。她穿着香云衫裤褂，脑后梳着个不大的髻，脸上擦了许多粉，以致使眼角的鱼尾纹看起来不是那么明显。尽管着意打扮，仍然显得老而土气。看到她，人们很难想象到这就是赫赫"国军"将军的太太，更难理解周志道怎么会受到封建包办婚姻的束缚，始终和这样的结发妻子生活在一起。

看到新郎、新娘走进院内，师长太太赶忙迎过去，拉住颜竞愚的手摸挲着，热乎乎地说："你们可来了！快到屋里坐。"

颜竞愚在南京复习功课准备考大学的时候曾住过她家里，对她不但没有什么恶感，甚至还有点感激。可是，现在却有些不大喜欢她了。不过表面上还是装出了十分高兴的样子，随着她走进了客厅。

客厅内的摆设，有土有洋，不伦不类的。几张磨损了的雕花木椅摆在两旁。一张乌黑发亮的茶几靠在墙边，上面有一堆书和报纸。当中的几个沙发，则套着洁白的布罩，玻璃面的茶几上放着一瓶鲜花。整个房间既不雅观，也不协调，看了令人觉得战争时期无可奈何的好笑。

师长太太招呼人送茶之后，就坐到了颜竞愚的旁边，看着颜竞愚憔悴的脸色，以老大姐的口吻说："看你眼圈都发乌了，可得节制啊！"

颜竞愚的脸红了，赶忙岔开话题，用感激的语气说："您和师长这么费心，我们心里真的过意不去呀。"

"费什么心嘛，粗茶淡饭，聊表心意！要不是战事未歇，又在这样的小地方，我真要好好地为你们庆祝一番呢。现在是心有余而力不足呀！"周志道从另一间屋里走过来，操着江西口音说。

黄幼衡立即恭敬地站起身来，喊了一声："师长！"颜竞愚也站起身来。

"请坐请坐！"周志道边坐下边说："这是在家里，你们是我请来的客人，不要拘礼。"

"师长太客气了！"颜竞愚说。

周志道摆摆手："谈不上客气。黄营长跟我这么多年，也为党国出了不少力，新婚大喜，本当祝贺！"

"感谢师长的栽培！"

黄幼衡嘴里这样说着，心里却想，是啊，我们认识的时间确实不短了。当年，他从国民党中央军校十六期毕业，又考入了军令部办的谍报参谋训练班，结业后分配到由李天霞当师长、周志道当副师长的一百军第五十一师参二科当参谋，从那时起，就跟随周志道了。后来，王耀武由一百军军长升任方面军司令长官，李大霞升任一百军军长，周志道任副军长。抗战胜利后，一百军改为整编八十三师，李天霞任师长，周志道是副师长。孟良崮战役后，李天霞被指为"增援不力"而撤职查办，周志道被委任为整编八十三师师长。黄幼衡则从参谋、骑兵连长当到师部特务营长，算下来已经八九年的时间了。

"可以说我们是共同出生入死啊！"周志道似有感慨地说，"黄营长，你还记得第二次长沙会战时师部被冲散的事吗？"

"记得，记得。"黄幼衡边点头边回答。

周志道的话，把黄幼衡的思绪引到了1941年的9月中旬。那天，部队接到上级的命令，说武汉方面日军从岳阳、通城出发，已渡过新墙河、汨罗江而逼近长沙。五十一师奉命经宜春、浏阳河向长沙急进。晚上八点多钟，部队正行进着，忽听到公路右侧的各山头上响起日军的冲锋号，接着步枪、机枪声大作，不一会儿，日军就从北向南冲过来，把国军分割成无数段，军、师、团、营失去了联系。黄幼衡和几个参谋跟着师长，带师部特务连、通信连向南跑到小山后面的民房中。师长一面命令特务连占领山头抵抗，一面命令通信连与各团加紧联系。混战至半夜，特务连阵地被攻破，师指挥所又被迫南撤。走了不久，又和日军遭遇，师部被冲散。

天空阴沉，无星无月，黑暗中辨不清方向。黄幼衡背着公文，拿着一支手枪，爬上一座长满灌木的小山头。在山头上，能听到山下村里住的日军讲话、吃饭和问口令的声音。他在山头上等到日出天亮后才往山下跑，不巧又遇到日军。他想躲开，已被日军发现，两个日兵追过来，用刺刀连刺两次未中。

黄幼衡跳下陡坡，跑到浏阳河边，不顾一切地跳进河水中朝南游去。日兵打了几枪，见他潜入水中，就以为打死了。日兵走后，黄幼衡爬上岸，光着脚朝南跑。跑出去十多里地后，才找到一户农家，跟人家要了些冷饭、米汤吃了，然后又要了一双旧布鞋。下午三点多钟，他走到浏阳城北，见到副师长周志道带了一些人在收容部队……

黄幼衡猜测，周志道所说的"共同出生入死"，可能就是指的这一次。当然，他也知道，这位师长重提往事，绝不是随便说说的叙旧。

"不要老说你们那些事了，今天是为祝贺黄营长和竞愚结婚。"师长太太插话说。

说话间，桌子上摆满了菜，鸡、鸭、鱼、肉、蛋，样样俱全。在这小县城里，凡是有的，周志道都能弄来，只要他一张口就行了。看眼前的这桌席，虽然说不上山珍海味，可也算够丰盛的了。两对夫妇围桌坐下后，周志道端起一杯斟满的酒，亲热地说："幼衡、竞愚，你们结婚是大喜事，我没有什么好的请你们，这薄酒一杯，请干了！"

"我们感谢师长！"颜竞愚首先端起酒杯说。

"感谢什么！"周志道说，"我和幼衡从军，都是为了报效党国，现在又值戡乱时期，还要同舟共济哦。"

黄幼衡没有说话。"报效党国"？"戡乱时期"？我从军的时候只是为了赶走日本侵略者，不做亡国奴，别无其他目的。亡国奴的日子太难过了。

三岁的时候，黄幼衡跟着父母到了越南的海防。父亲在一家云南驻海防的银行里当职员。当时的越南，是法国的殖民地。年少的黄幼衡就是在这块殖民地的土地上长大的，每天他都能看到法国人欺负越南人的事情。一天，法国的军队又无端地欺负越南人民群众，枪声噼啪，刀光闪闪，他们即使连老人、小孩也不放过。尸体堆满街头，鲜血染红了路旁的泥土、石块和草木。而且连住在那里的中国人也跟着遭殃，接连几天都不敢出屋门。

"爸爸，这里的老百姓为什么这样可怜呢？"还不十分懂事的黄幼衡问父亲。

父亲的脸色悲愤，摸着他圆圆的脑袋，感慨地说："孩子，你还不懂，因为他们是亡国奴。"

"什么是亡国奴？"

"就是自己的国家被外国侵略者占领，他们成了外国人的奴隶。"

那尸骨成山、血流成河的景象，还有父亲那悲愤的脸色和沉重的话语，烙印在了黄幼衡幼小的心灵里。年龄越是增大，越是深刻，越是牢固，越是鲜明。所以，当日本侵略者的炮火射向中国的大地，射向中国的第一大城市上海的时候，正在这里考大学的黄幼衡，立即想到自己也即将失去故土，像法国统治下的那些越南人一样饱受日本人的欺压，痛苦极了。怀着这样的心情，他为英勇抗击日军的将士欢呼。听说前方的抗日壮士伤亡惨重的时候，他就和同学们一起走上街头，走上前线，抢救伤兵，包扎伤员。从那时起，他就想参军，想拿起枪，打击日本侵略者。但终因年龄太小，家中不同意。"不行，你回昆明上学去。"一张船票，把他绕道香港，送回了昆明，继续读书……

"愣什么？喝呀，幼衡！"周志道的催促声打断了黄幼衡的思绪。他猛地一惊，立刻清醒过来，忙说："师长，我不会喝，一喝就醉。"

"这我知道，在平常，你要喝我还不让呢。可今天是什么日子？不能不喝嘛！"

"真的不能喝，明早营里还要演习，我喝醉了怎么办？"

"那就少喝点，实在醉了不能去，就让副营长带着去演习。"

师长的太太这时也帮腔说："黄营长，不能多喝，还不能少喝吗？"

颜竞愚看到师长太太帮丈夫劝酒，也忙着替自己的丈夫解围，说："师长，他真的不能喝酒。"

"呦！才刚结婚就护着了呀！"师长太太撇撇嘴说。她的话，弄了颜竞愚一个大红脸。

黄幼衡看着实在没有借口了，就端起酒杯，稍稍地抿了一小口。确实，黄幼衡在国民党军队里干了将近十年，见过的场面也不少，可就是不会喝酒。平时都不喝，今天就更不能喝了。所以他唏嘘了一阵之后，故意叫着："真辣！真辣！"然后忙往嘴里送了一块鸡肉，好像为了证明他不会喝酒似的。果然，不一会儿，他的脸上就红了起来。

周志道看到黄幼衡这副样子，也就不再劝酒了。自己端起杯子喝了一口，问道："特务营的演习进行得怎么样啦？"

"按师长批准的计划进行的。"黄幼衡回答说，"前阶段是以连、排为单位演习的；从明天早晨开始，全营在一起演习战备行军。"

师长太太娇嗔地看了丈夫一眼，打断了黄幼衡的话说："我已说过一遍了，今天可是祝贺幼衡和竞愚结婚的，那些演习的事情，等你们明天再说吧。"

周志道笑了笑："三句话不离本行嘛！好好好，不谈公事，不谈公事。"

颜竞愚看着是时候了，指指黄幼衡，对着喝得脸上泛红的周志道说："师长，他们明天要去演习战备行军，我也要跟他们骑马去耍！"

"好！"周志道放下酒杯说。

师长太太一听，忙接着话说："我也和你一起去！"

颜竞愚的心一沉，心想：这怎么行？她听丈夫说过，这次的演习是经过精心安排的。自从驻防丰县以后，黄幼衡就想：师部直属队住在城内，四门由工兵营防守，城外是六十三旅守备，距城二十里以内的地方还驻有保安队、还乡团。特务营在核心里，要把全营顺利带出城，安全地到达解放区，是一项十分困难的工作。他找王子云、张杰和安景修研究，认为只有以战备演习的名义，才能把部队带走，而且还可以把马匹、武器、装备、弹药一点不剩地带上。于是，他就给师部写报告说："因连队补充了一些新兵，为使部队熟练战备行军要领，以便战时不论白天、晚上都能够迅速、准确、肃静地集合和行动，拟请批准出城举行战备行军演习训练。计划先以连、排为单位实施，最后全营进行。"这个计划得到了参谋处参谋长崔广森和师长周志道的批准。周志道还表扬特务营"整补后的训练抓得紧"……费了多少苦心！如果师长太太也跟着去，就会带来一大批副官、卫士，岂不会增加不必要的麻烦吗？黄幼衡的心里也捏着一把汗，惟恐师长同意了他太太的要求。

颜竞愚很机灵，忙对师长太太说："战备行军演习必定走得很快，你万一骑不稳而从马上掉下来可怎么办？而且他们起得很早，天不亮就要集合，等以后我专门陪你骑马去耍吧！"

师长太太点点头，周志道也没有说什么。颜竞愚才放了心，笑着看了看丈夫。黄幼衡报之一笑，心中的一块石头也落了地。

这时，副官从门外走进来，附在周志道耳边说："师长，已经准备好了，等着你们呢，什么时候开演？"

"好，马上就去。"周志道说着转过脸对黄幼衡和颜竞愚说："我让师部京剧团为你们演一场戏，现在咱们就到剧场去看吧。"

"是！"黄幼衡说。

周志道站起身，其余人也站起来，一齐向剧场走去。

台上台下，都是在演戏

所谓剧场，就是当地群众叫作"戏园子"的地方，坐落在东西大街和南北大街的交叉口，是县城里最吸引人的热闹之处。逢年过节，或外地来了戏班子、玩杂耍的人的时候，都是在这里演出。国民党整编八十三师来到这里，戏园子当然就归了他们，而且有了个新名字：剧场。再说，这个师部有个京剧团，在当地的老百姓眼中，也是难得见到的高水平剧团。

黄幼衡和颜竞愚跟着周志道夫妇来到时，场内已经坐得满满的了。有的人在小声说话，有的人则摇着扇子。嗡嗡的声音，像无数只苍蝇在叫。汗味、馊臭味混合在一起，直扑人的鼻子。看到这一老一新的两对夫妇走进来，大家说话的声音顿时小了，扇子的呼呼声也低了很多。一道道目光向他们射来，有的羡慕，有的厌恶，也有的无所谓，而更多的人则是注视着舞台，心想：这下可以开演了。

大幕低垂，左右台角上的两盏煤气灯发出咝咝的响声，白色的亮光，映照在半旧的幕布上，周志道夫妇、黄幼衡夫妇刚在预先留好的位置上坐下，剧团团长就赶紧捧着戏单从另一边的台角走下来，站到周志道的面前，恭恭敬敬地说："请师长点戏。"

周志道用下颚指指黄幼衡说："今天的戏是专门为他新婚而演的，让他点吧。"

黄幼衡心里明白，这位师长也是位好大喜功、爱出风头的人，过去曾经为屈居副职不满。孟良崮战役中，整编七十四师被全歼之后，李天霞被以"增援不力"的罪名而接受审讯。周志道顺理成章地接替了师长的职务，正在意满志得，此刻，他让我点戏不过是做个样子罢了。于是，连忙说："我不会点，还是请师长点吧。"

剧团团长已经把戏单捧给了黄幼衡，听到这话，忙又回到周志道的面前。周志道说："那就让新娘子点吧。"

黄幼衡连忙把脸转向妻子，投去意味深长的一瞥，意思是说，可不要给你个棒槌当成针（真）啊！

"心有灵犀一点通"。颜竞愚当然懂得丈夫目光中所包含的话。心想，还需要你暗示吗？这点小手段我还是能对付得了的。她对周志道笑着说："我也不会点，还是请师长点。"

周志道没有再客气，用手指在戏单上点了两下。

随着叮叮当当的锣鼓声，雄浑悠扬的京胡声，幕布终于拉开了。戏台上，打扮得气宇轩昂、文质彬彬的刘备，在披挂严整、威风凛凛的赵云的陪同下，来到了杀机四伏的东吴。黄幼衡虽然对京剧不熟悉，但也知道这是在演《刘备过江招亲》。他读过《三国演义》，所以还记得那段故事。故事中，周瑜给孙权出了个以招亲取荆州的计谋，诸葛亮却将计就计，使刘备既成了亲，又保住了荆州。过去，他在读《三国演义》时，从心里佩服诸葛亮的妙计，而不赞成周瑜给孙权出的点子。他认为，大丈夫就应该敢冲敢杀，在战场上见分晓，而不应该用婚姻来达到政治、军事上的目的，所以他对书中的两句讥笑周瑜的话记得特别清楚："周郎妙计安天下，赔了夫人又折兵。"而此时此刻，他似乎不那么责备周瑜了。自己不是也用结婚来掩护起义的真相吗？本来，他与颜竞愚的结婚的时间既可以提前，也可以推后，而他之所以偏偏选择在这个时候结婚，就是为了掩人耳目。因此，周志道对他的结婚表现出那么大的热情，也是别有用意的。现在，国民党的大势已去，他急需要笼络和收买人心。他借吃饭、看戏来显示对下属的关心，是要官兵死心塌地地为他卖命。"我也要学学共产党的办法，关心自己的士兵，不杀抓来的俘虏。"他曾听周志道这样说过。不过，只是这一套"关心"，对他没有起作用。他仍然要起义，这个决心，是他在半年前就立下了的。

1948 年春节前的南京，阴风凛冽刺骨，天气格外寒冷。颜竞愚放寒假后从上海来到南京。未婚妻来了，这本来是件高兴的事，可是黄幼衡却心情沉重：该不该告诉她呢？怎样告诉她呢？她会持什么态度呢？是支持，还是反对？黄幼衡还猜不准。

几个月来，他虽然忙于复习功课，但思想上总是难以平静。他看到国民党的内部明争暗斗，巧取豪夺，导致市场上通货膨胀严重，钞票贬值，人民在饥饿和死亡线上挣扎。黄幼衡每天打开报纸，都能听到反内战、反迫害、反饥饿的呼声，连绵不绝。他看到罢工、罢课、罢教的浪潮此起彼伏，而军队在前线又连连失败。他还记得孟良崮上的那一幕，整编七十四师被全歼，尸横遍野，惨不忍睹。"王牌军是如此下场，其他部队的下场也好不到哪去。"不少人私下里这样说。

正在他忧心忡忡地想着这些，不寒而栗的时候，路春芳先生又在摆弄棋子了。这位瘦瘦的老人，年轻时到法国勤工俭学，攻读数学。回国后曾帮助过黄幼衡的父亲办煤矿公司，后来在云南省建设厅工作，任教于云南大学。他失业后赋闲在南京，和黄幼衡住在一个房间，帮他复习数学。路先生摆弄了一会儿，重重地放下一颗棋子，说："今天又有人在中山陵自杀了。"

黄幼衡对此一点也不感到奇怪，一些反对内战的人常到那里去对着长眠的孙中山先生哭诉。有些甚至以死抗议蒋介石发动内战，他听到过不止一次了。因此，他仍然想着自己的心事，没有说话。

"这是什么世道啊！"路先生又感慨地说道。

黄幼衡常和路春芳一起谈论国家形势，知道他对国民党的统治不满，所以就把自己考虑了很久的话说了出来："路先生，我看只有共产党才能救国救民，我想去投奔他们。"

路春芳用惊奇的目光打量着面前这位国民党军队的少校营长，思索了一会儿，赞扬地说："有勇气！"

"我不愿再给老蒋当炮灰了！"

"想得对！我要不是年纪大，真愿与你同行。不过，你想过怎样去吗？"

"还没怎么想好。"黄幼衡如实地说。

"要去就带着军队一起去，当军官的不能没有士兵。"路春芳推开棋盘，在房间里踱了几步说。

黄幼衡又提出了一个他想了许久、一直犹豫不决的问题："路先生，我这样算不算不忠不义？那些长官对我还是很好的。"

"不忠不义？"路春芳的语调激昂起来，"那要看对谁，怎么看了！"

"你的意思是不是说，讲忠，应该讲忠于国家和人民；讲义，应该讲民族的大义？"

路春芳微笑着点了点头……

　　这一天，黄幼衡和颜竞愚两人围坐在火炉边交谈着。颜竞愚很高兴，滔滔不绝地讲述着上海的学生运动，关于她怎样参加罢课，怎样参加游行，以及怎样和同学们一起到街头小巷去募捐……黄幼衡却沉思不语，用捅炉子的火钩翻来覆去地敲着一块烧焦了的煤核。

　　看到未婚夫这样心事重重，神情忧郁，颜竞愚很纳闷，问道："幼衡，你怎么啦？"

　　"啊！没什么，我在听你说呢。"黄幼衡如梦初醒。

　　"要不是身体不舒服，就是有什么心事瞒着我。不能告诉我吗？我们可是已经订了婚的呀！"颜竞愚用含情的目光看着未婚夫。

　　"能！"黄幼衡深情地看着未婚妻，"我是在想，怎么样告诉你才能使你不害怕。"

　　"什么事？"颜竞愚急不可耐地问。

　　"我想去投奔共产党、解放军！"黄幼衡说过后，紧张地注视着未婚妻脸色的变化。

　　颜竞愚"啊"地惊叫一声。脸上先是愕然，继而是惊恐，随后才慢慢地平静下来。在学校里，她参加过反对国民党当局的学生运动，希望改变目前黑暗、腐败的现实，但听了未婚夫的话，她还是感到突然。

　　"你是什么态度？"黄幼衡问。

　　颜竞愚没有直接回答，反问道："你下定决心了吗？"

　　"我和路春芳老师商量过，他主张带部队过去，你的意见呢？"

　　"不管你怎么过去，我都跟着你，生死不分，患难与共。"颜竞愚说得很果断，一双眼睛一直望着黄幼衡。

　　"你真好！这我就放心了。"黄幼衡的脸上终于露出了笑容，一把抓住颜竞愚的手，使劲地握着，"不过这是一件大事，还得仔细周密地想一想，再商量商量。"

"还和谁商量？"颜竟愚问。

"和张杰、安景修他们。"黄幼衡说。

"张杰是谁？"颜竟愚熟悉安景修，但不了解张杰。

"营部原来的副官，抗战一结束，他就离开了部队，所以你没有见过他。"

一听说是过去的副官，颜竟愚就放心了。黄幼衡挑在身边当副官的人，必然都是他信得过的。

过了几天，张杰和安景修都来到了黄幼衡的住处。在这间小小的房间里，黄幼衡、张杰、安景修、颜竟愚四个人，小声地研究着如何投奔解放军的问题。

屋子里很安静。对于这样重大的问题，谁的心里也没有成熟的办法，因此不好贸然说话，只有火炉里的煤块，不时地爆出噼啪之声。黄幼衡往火炉中加了一块煤，说道：

"各人都说说，多想几个办法，然后再比较一下，看看哪个好就用哪个，怎么样？"

"我们约几个志同道合的人，变卖所有的家当作路费，由上海乘船去旅大，那里驻有苏联军队，通过他们找到共产党的关系，然后再去解放区。"张杰首先说。

安景修沉思了一会说："我们几个人从苏北直接去解放区，那里离得近，过去很方便。"

"如果从苏北过去，就把特务营带过去。"张杰接着说。

颜竟愚没有说话，也没有打算说，她感到在这件事上，自己懂的太少了。

黄幼衡看看颜竟愚，说：

"现在有三个办法了，一是先到大连，二是从苏北过去，三是带特务营过去，咱们再比较一下。"

四个人七嘴八舌地分析起来。

"旅大是苏军占领的，肯定有共产党的办事机构。但是我们人生地不熟，与苏军语言也不通，而且听说那里的国民党特务很多，弄不好就会被特务绑架或者暗杀。"

"从苏北走要经过国民党控制区，又没有介绍信，即使过去了，解放军会不会相信？他们俘虏国军连以上军官，教育后再释放回来，我们如果去了之后再被释放回来怎么办？要是把我们当成特务怎么办？会不会被民兵杀害？"

"带特务营去比较稳当，会得到共产党的信任和接纳。"

经过一番商量，几个人都一致同意了第三个方案，即带着特务营去投奔解放军。

黄幼衡最后说："我是来复习考陆军大学的，如果没有考完试就回去，会引起师司令部和新闻处的怀疑，所以我得等考完试才能回营。张杰先到泰州特务营二连暂住，等接到通知后再回到营里去。竞愚先回到上海读书，筹划就绪后再去部队。安景修先回营里，尽可能地做些准备工作。"

起义，就这样决定了。

当寒假结束，黄幼衡把颜竞愚送到火车站时，还一再嘱咐说："一旦准备好，我就给你写信，派人去接你。"

颜竞愚依依不舍地说："我等着你的信！你可要谨慎行事，多加注意啊！"

对于《三国演义》的故事，颜竞愚并不熟悉，因此也就没有丈夫想得那么多。但她心里也并不平静，总是想着夜间的行动，这让她有点焦灼不安。黄幼衡发现了妻子的急躁的情绪，忙使了个颜色，并用肘部碰了一下妻子的胳膊。颜竞愚明白了丈夫的提醒，马上镇静了下来，把目光重新投向舞台，装作认真看戏的样子。

台上的戏正在进行。赵云依照着临行前诸葛亮给他的妙计，闯进刘备和孙尚香住的地方，说动刘备回荆州。

台下的戏，也在进行中。黄幼衡对周志道说："师长，我还有些醉，先回去了，明早好领着全营演习。"

"好吧。"周志道看看黄幼衡还有些发红的脸说："能去就去，实在不行就不用去了。"

"不要紧，睡一觉就好了。各连、排已经分别演习过，这次是全营的行动，我还要看看这段时间各连、排演习的效果呢！"黄幼衡边说着，边又看了妻子一眼，意思是，你再看一会。

颜竞愚用目光送走丈夫，也无心再看戏了。尽管她的两眼盯着戏台，其实头脑中也在想着她自己的心事。所以，当《刘备过江招亲》一演完，究竟台上接着演出的《五子哭坟》是什么内容，她一点也没有记住。

又过了一会，颜竞愚对着师长太太小声说："我也不想看了，要回去了。"

这位太太又开起了玩笑："新郎走了，新娘也看不下去了。难怪，小夫妻正在热乎头上呢！"

颜竞愚笑笑，没有回答什么，就马上站起身，向周志道致了谢，就往外走去。心里在说：这位师长，这位太太，你们明天就知道是怎么回事了。

新房里，煤油灯光照着五个人影

狗忽地跑了出去，接着传来了轻盈的脚步声。黄幼衡一下子就听出是妻子回来了。这狗也像是通人性似的，对刚来的女主人这么熟悉、这么亲昵。

颜竞愚走进屋，喘着粗气说："可算是应付过去了。"

黄幼衡问道："戏演完了吗？"

颜竞愚说："戏还在演。我对师长太太说不想看了，就回来了。"

"之后又演什么戏了？"

颜竞愚擦着脸上的汗说："《五子哭坟》。"

"人家是专门为咱们演的戏，咱们都回来了，不会引起他们的怀疑吧？"

"我看不会的，那位太太还跟我开玩笑呢。"

"她怎么说？"

"说我们小夫妻正在热乎头上。"

黄幼衡放了心，说："周志道还蒙在鼓里。孙权为了得到荆州，听了周瑜的计策，结果既赔上妹妹，又折损了兵马。周志道对我们结婚这件事那么热心，也是要赔上吃的、看的，还要丢个特务营，看他怎么向蒋介石交代吧！"

"那就'五女哭坟'呗！"颜竞愚笑着接上了一句。因为周志道没有儿子，只有五个女儿，所以她顺口将'五子哭坟'改成了'五女哭坟'。意思是说，让周志道的五个女儿去哭泣吧。

黄幼衡当然明白妻子话中的意思，疲惫的脸上也露出了笑容。

"汪汪汪……"门外传来了那只狗的叫声。颜竞愚警觉地说："是谁来了？"

"可能是张杰他们，之前不是约定好再商量一次吗？"

果然是张杰来了，他一见面就说："我还以为你们看戏看上瘾了，还没有回来呢。"

"是装醉提前回来的。"黄幼衡说。

不一会儿，狗又叫了两声，王子云也来了。

黄幼衡开门走出去，对正在站岗的罗少先说："今晚你把狗管起来，不要让它叫。"

黄幼衡回到屋里，抬起左手腕看看表，已经快十二点了，离预定的集合时间还有六个小时。

"安景修怎么还没来？"

好像是为了回答黄幼衡的问话似的，门外应了一声"我来了。"安景修说着跨进了门。

"你怎么才来？"黄幼衡问。

"我安排了一下，派了两个年纪大的、身体不好的人明天留下来站岗，叫其余的人全部去参加演习。"安景修边擦汗边解释说。

"这样好！"黄幼衡对王子云说，"你去通知其他连也这样做。"

黄幼衡、王子云、张杰、安景修、颜况愚五个人围着方桌坐了下来，把灯芯拧得很短，昏黄微弱的煤油灯光，把他们的身影参差不齐地剪映在四面的墙壁上。一张张面孔，疲惫中透出抑制不住的兴奋和激动。这真是非同寻常的时刻，非同寻常的聚会啊！

"各连准备得怎么样了？还有没有什么问题？"黄幼衡的目光迅速地扫过王子云、张杰、安景修和颜竞愚的脸，说道："想得周到一点，事情就会更顺利、更安全。"

"三连已经准备好。"王子云说，"营部也没什么问题了。"

张杰接着说："周廷藩已经离开连队，一连应该有个人管一下才好。"

"机炮连现在还没有人知道起义的事情，所以也要防备着点。"安景修警惕地说道。

远处传来人走路的脚步声，王子云的身子猛地抖了一下，警觉地问道："这里今晚是哪些人站岗？"

"可能是戏演完了。"黄幼衡说，"我已经吩咐罗少先，这里今夜的岗全部由他来站，不要再换其他的人。"

脚步声远去，门外又安静了下来，偶尔传来几声狗吠和蝉鸣。门窗紧紧关闭着的室内，烦躁而闷热，每个人的脸上都汗津津的，在油灯下闪闪发亮。他们五个人都屏心静气，甚至连对方轻微的呼吸声也听得一清二楚。王子云、张杰、安景修说过之后，大家的目光一齐集中在黄幼衡的身上，等待他做出最后的决定，而黄幼衡的眼睛一直盯着灯光，显然也在思考。

过了好大一会儿，黄幼衡才抬起眼睛来，严肃地说："直到现在为止，还没有出现意外情况，我们就按照原来的计划行动。至于一连，周廷藩不在连里，我们的目的也就达到了，现在只有由我自己照管一下。"

"可以。"王子云答应得很爽快。

"关于机炮连,"黄幼衡又接着说,"既不能向他们说起义的事情,也不好派人去,所以行军时就让他们走在中间,我和营部走在他们前边,如果出现情况,就见机行事。"

"我呢?已经到现在了,也让我做点什么事情吧。"张杰要求说。

"不!在进入解放区之前,你的身份仍然不能暴露。出发之后,你和竞愚随尖兵排行进,这样比较安全,一旦有了情况,也好协助处置。"

其他人点了点头,表示同意黄幼衡的安排。只有颜竞愚的脸上表现出很不赞成的神色,她想说什么,可是张了张嘴,又没有说出来。

小油灯昏黄的光焰,在大家呼出的热气中,摇摇曳曳晃动不定。颜竞愚抽身沏了一壶浓茶,在每个人的面前放了一杯。黄幼衡又看看表,说:"竞愚,还有什么吃的吗?都拿出来,让大家全吃下去,已经十二点多了。"

"有!我去拿。"颜竞愚说着走进里间,端出来一些糖和点心,放到桌子上说:"都吃了吧,剩下的也带不走,不知留给谁吃,怪可惜的。"

张杰和安景修各拿了一块糖放进嘴里,王子云拿起一块点心,一口咬下去一半。黄幼衡端起杯子喝了口茶,说:"原来演习报告上写的是在东门内集合,现在要改一改,换在西门内的小操场集合,这样走的时候不需要穿过整个县城,出城门也快。"

"集合的时间变不变?"王子云喝了一口茶,咽下嘴里的点心问道。

黄幼衡考虑了一会儿说:"也改一改。原定是六点钟集合,那时候天已经大亮,时间有点晚。改为四点怎么样?那时天色似亮非亮，人们也没有起床，更安静一些。"

"这样好。"张杰说。

"那就改为四点，早出城门早放心。"王子云附和着说。

"那就定为四点钟集合。规定还是不变，集合时不许吹号，以连为单位，整好队后马上带到集合地点。王副营长，你负责通知各个连和营部。"黄幼衡看了看颜竞愚又说："我们两个，因为是装着喝醉了酒回来睡觉的，现在还不能出去，你们三位就多辛苦了。"

"不知道刘参谋和沈万荣到那边的情况怎么样了。"安景修看看黄幼衡和王子云，自言自语地说。

是啊！他们是否顺利地过去了？接应的部队布置好了吗？听安景修这么一说，其他人的心里也不无担忧。

现在可不是顾虑重重、怕这怕那的时候呀！黄幼衡心里这样想着，嘴里说："我看不会有什么问题，刘参谋很机智，会按原计划做好准备的。退一步说，即使他们在路上出了事，我们也得按原计划行动，过去多少算多少，总比在这里束手待毙或者给国民党卖命，以至于落得七十四师那样的下场要好。"

话虽是这么说，其实黄幼衡的心中也是焦虑不安，为刘参谋和沈万荣捏着一把汗，他们到底怎么样了呢？

看看没有什么事情了，张杰、王子云和安景修站起身来准备走。黄幼衡又低声嘱咐说："越是在这最后的关头，越要提高警惕，加强防范。每人除了一支二十响德造快慢机，再弄一支冲锋枪，这样的话假使行动被发觉，也能翻西北角城墙向解放区逃跑。能跑出去多少是多少，总比被抓住好！"

"我们走了。"王子云说着和张杰、安景修出了门。

不一会儿，安景修又返回来了，站在门口手扶着门框说："营长，你们两个再休息一会吧，时间不多了，还要走好远的路呢。"

"好！你放心去吧！"黄幼衡感激地说，"你再去准备准备，到了那边之后再好好休息。"

安景修转身走了，身影慢慢消失在夜色里。黄幼衡看着他们走远了，才转回身来。

"这个安景修。"颜竞愚说，"还蛮会体贴人呢！"

"他原来也是个青年学生。"黄幼衡说，"为了抗击日寇的侵略，保卫国家和民族，才毅然放弃学业转而从军的，他在江南地区和日寇打了几年仗，表现得十分英勇。"

"怪不得他挺倾向那边呢！"

"也是后来变化的。我们从湖南刚到苏北泰州与解放军对峙的时候，他还认定是共产党捣乱，破坏了抗战后人民的和平安定的生活呢。"

"那他怎么还会赞成到那边去？"

"随军进入解放区后，他在沿途中看到了国民党军残杀无辜老百姓的情形，才认清究竟是谁破坏了战后的和平。后来，在孟良崮战役中七十四师被全歼，他又受到了很大的思想震动，所以当我和他说想投奔解放区时，他就表示愿意一起去。"

那是黄幼衡和路春芳交谈起义后不几天，安景修到南京给黄幼衡送钱。一见面，黄幼衡就问："安副官，前方情况怎么样？"

"士气不高。"安景修说，"七十四师被全歼，对官兵的情绪影响太大。几个月过去了，大家都还在议论纷纷，害怕自己也落到那样的下场。"

黄幼衡叹了一口气："看来也不会更好。"

"营长，我们以后怎么办呢？"

"怎么办？"黄幼衡沉吟着，"离队也没有出路。你看张杰，本钱都赔光了，也正为没有办法而焦急呀。"

"只有这样等死？"安景修凄凉地说。

黄幼衡看着眼前情绪沮丧的安景修，知道他跟随着自己打了很多年仗，是自己一手提拔起来的，非常听自己的话。就试探着说：

"不想等死，只有一个办法，就是去投奔共产党！"

"去投奔共产党？"安景修睁大了惊奇的眼睛。过了好一会儿，才问道："营长，你真的要去投奔共产党？"

"如果要去，你怎么办？"

安景修看着黄幼衡，久久没有说话。最后下决心似地说："营长，你要是决定去，我就跟你去！"

想到这里，黄幼衡摇摇头，关心地问妻子："竞愚，马上要走很多路，你坚持得了吗？"

"你别忘了，我可是运动员出身！"颜竞愚逞强地说。

"怎么会忘记呢！你在上海参加运动会，我不是还去看过吗？"

听到丈夫这样说，颜竞愚的声音突然变得有些忧虑："我学的专业，到了那边不知道还能不能用得上。"

"会用得上的。"黄幼衡安慰妻子说，"解放军也很重视开展体育运动，听说朱德总司令还和士兵一起打篮球呢。那边非常重视人才，各种各样的人才都安排得很好。"

"结了婚，以后再有了孩子，还能干得了体育吗？我自己都没有信心……"

汪汪的狗叫声打断了颜竞愚的话，随后响起了敲门声。

深夜，新房里传出悲痛的哭声

颜竞愚惴惴不安地走过去开了门。黄幼衡看了看表，时针指到"1"字，已经是深夜一点钟了。这么晚了，谁还在这个时候来呢？黄幼衡神经上高度紧绷的弦，拉得更紧了。

来人是通信营长邵奇萍。这个爱说爱笑的中校军官，完全没有了结婚仪式上当婚礼主持人时的样子，脸上布满严峻的神色，显然是为什么事情而来的。黄幼衡不知道说什么好，久久地看着他。

邵奇萍没有管这些，首先说了话，直截了当地问道："幼衡，这几天我看你神情不安，是不是有什么心事？"

黄幼衡猛地一惊；他看出了什么吗？他为什么这个时候来，而且见面就这样问呢？但他马上就镇静下来，以平静的口吻说："没有什么。这几天忙着准备婚礼，太累了，又没有休息好，有一些心神慌乱。"

邵奇萍摇摇头，不相信地说："你一定有什么心事瞒着别人，光累是不会把你累成这样的。"

颜竞愚的心里也很紧张，看看邵奇萍，又看看丈夫，想说点什么把气氛缓和下来，但又不知道该说什么。

黄幼衡的心情已经完全平静下来了，笑着说："真的没有什么。"

邵奇萍还是直摇头，他目不转睛地看着黄幼衡的脸，**诚挚**地说："老弟，你不要瞒我啊！咱们平时无话不谈，你难道还信不过我？"

黄幼衡沉默了。是啊，他们两人之间的关系确实非同一般。多少次，他们在一起吃饭，边吃边交谈对局势的看法。多少次，他们在一起发泄对现实的不满，思索着今后的道路呀！

"幼衡，你说咱们为什么要进攻解放区？"有一回在饭桌上，邵奇萍猛地喝了一口酒问道。

"重庆谈判，签订了'双十协定'，可又命令军队打人家，人家能不还击吗？"

黄幼衡不喝酒，也不说话。

"还有，老百姓没有罪吧，为什么咱们军队走到哪里，又是杀又是抢，还糟蹋妇女？我从小是个苦孩子，反正看不惯这些做法！"

"我也看不惯！"黄幼衡说。

"士兵不满意，老百姓也反对，这还能打胜仗？！"邵奇萍越说越激愤，声调也高了起来。

"你小声点，隔墙有耳嘛！"

邵奇萍把酒杯重重地往桌子上一放，酒洒了出来……

有一次，他们得到一本《论联合政府》，两个人找了个僻静的地方偷偷地读了起来。邵奇萍指着书上的一段话说道："幼衡，你看人家毛泽东这话说得多有道理。"黄幼衡一看，书上是这样写的：

"需要在广泛的民主基础之上，召开国民代表大会，成立包括更大范围的各党各派和无党派代表人物在内的同样是联合性质的民主的正式的政府，领导解放后的全国人民，将中国建设成为一个独立、自由、民主、统一和富强的新国家。"

黄幼衡没有说话，沉思了起来。在抗战胜利的欢呼声中，他也有过这样的向往，把希望寄托在国共两党的和谈上。可是，这些美好的愿望，后来全都被严酷的现实打碎。他曾想回家继续读书，但蒋介石明令规定："戡乱期间，现役军官一律不准离队，违者严惩。"于是，他不情愿地追随部队进攻解放区……

一个休息日，黄幼衡和邵奇萍两人来到了一户老百姓的家中，和一个老汉交谈起来。"老人家，您觉得是共产党好还是国民党好？"他们问道。老汉端详着面前的这两位"老总"，弄不清他们的葫芦里到底卖的什么药，眼中有害怕，也有不满和仇恨。沉默了半天才说："都好。"

黄幼衡和邵奇萍的心里当然明白，老汉说的"都好"，并不是真心话，而是言不由衷的敷衍，心里肯定还是认为"共产党好"。因为国军所到之处，青年男女全都躲避起来，只剩下个别行动困难的老人。而且，老百姓把中央军（国民党军）叫做"遭殃军"，这是一个多辛辣的讽刺和嘲弄啊！

在回营的路上，黄幼衡感慨地说："这是民心所向啊！俗话说，'得民心者昌，失民心者亡'，国民党已经失掉了人民。"

邵奇萍也说："干杀害人民生命，抢掠人民财产的事，是丧尽天良的行为，还不如回家种地好呢！"

看到黄幼衡不说话，邵奇萍又说："你平日的想法，我是赞同的。"

黄幼衡仍然没有回答，看着眼前的这位要好的朋友，长长地叹了一口气。

"近几天你不到我那里去了，上午见了你，让你进屋你也不进。我又见你心神不宁的样子，实在是不放心，总感到你有什么事情瞒着我。"邵奇萍又说。

"不要再问了，你回去吧。"黄幼衡说。

邵奇萍仍然不走，语气里带着哀求地说："你想过没有，即使你不告诉我，出了事情的话，我也会受到牵连的。"

黄幼衡的心里很复杂。邵奇萍从小家境贫寒，又是行伍出身，自从和他认识以来，发现他为人正直，很讲义气，看来他是不会出卖朋友的。特别是听见邵奇萍讲到"牵连"的话，黄幼衡的心里更感到热辣辣的，他抬头看了看妻子。

颜竞愚看出丈夫是在征求自己的意见，就说："幼衡，你和邵营长那么要好，到现在这个时候了，你就告诉他吧，让他也好有个准备。"

黄幼衡沉思了一下，对邵奇萍说："我已经决定投奔共产党了。"

邵奇萍一惊，立即问："什么时候走？"

"明天一早就带全营走。"

"呵！我知道得太晚了！"

"我怕你丢不下妻子和儿女，所以没有早告诉你。"

邵奇萍并没有抱怨，而是语气坚定地说："我支持你走这条光明之路。我的妻子和小儿子正在来部队的路上，我不能和你们一起走了。我一会儿回去就把日记、来往信件和共产党的书籍都烧掉，准备接受……审判！"

说到这里，邵奇萍的声音哽咽了，一下子扑到在黄幼衡的怀里，痛哭了起来。黄幼衡的泪水也刷刷地流了下来，一滴滴落在邵奇萍抖动的肩膀上。

看到这一对肝胆相照的战友互相抱头痛哭，颜竞愚也一声声在啜泣。

夜，寂静的夜。四周悄无声息，这哭声越发显得悲痛，显得尤其令人伤心。在门外站岗的罗少先听到哭声，不知道屋里发生了什么事情，忙推开门，见到自己的营长和通信营长抱头痛哭，新娘子也在哽咽抹泪，一时惊呆了。

黄幼衡听到门响，抬头看到罗少先站在门口，就摆了摆手，示意他出去。罗少先退出了门槛，顺手又将门关紧。

黄幼衡轻轻地扶起邵奇萍，让他坐好，说："我走以后，你自己要多加注意啊！"

颜竞愚递过来一条毛巾，又端来一杯茶水。邵奇萍擦擦眼睛，喝了一口水，才说："你们放心走吧，我会见机行事的。只要你走向光明，我愿意承担不幸的后果。打内战这种事，我早就不愿意干了！"

黄幼衡慢慢地点头："我想，不幸也许不会落在你的头上。"

黄幼衡这话不仅仅是安慰，他是在祈望朋友不要因为自己的决定受到牵连。可是他估计错了。特务营的起义被发觉之后，周志道气得像发了疯似的，立即下令在全师进行清查，凡是与黄幼衡接触过的人，都受到了牵连。邵奇萍平时和黄幼衡来往多、关系好，当然更不会幸免。

又说了一会儿话，邵奇萍站起身来，向黄幼衡和颜竞愚告别道："时间不早了，我得赶紧回去处理我的东西，迎接天明后的不幸。你们也要抓紧时间休息一下，天明好赶路。"

邵奇萍说完就转身往门口走去，黄幼衡把他送到房外。邵奇萍紧紧地握住黄幼衡的手："不要送了，请多珍重，希望我们能再见面。"

"一定会再见面的！"黄幼衡重重地摇摇即将分别的朋友的手，才慢慢地松开了。

黄幼衡自己也知道，这是宽慰的话，宽慰邵奇萍，也宽慰他自己。在这样的年代里，又是这样的分别，再见面的可能性是极小的。可事情偏偏就是这么巧，他们还真的见面了，那是在三十五年以后。

原来，邵奇萍被关押后不久，著名的淮海战役爆发了。邵奇萍又被释放出来，作为"戴罪人员"和整编八十三师一起参加了淮海战役。战斗中，八十三师被人民解放军打败，邵奇萍在战乱中逃走，回到了江西老家，在南昌市郊区安家定居下来。十年动乱后，他才与黄幼衡重新取得了联系。

1983 年，年近七十岁的邵奇萍身体有病，自知不久于人世，便给黄幼衡写了一封信，希望能见上一面。黄幼衡也十分想念这位老朋友，便和妻子颜竞愚一起，急忙赶到了邵奇萍的家里。

当两双手又一次紧紧地握在一起的时候，这对年过花甲的老人都老泪纵横。他们的心里，都同时想到了丰县城的那个深夜，那次握别。可是谁也说不出话来，浑浊的泪水，从爬满皱纹的脸上滴落到长满老年斑的手臂上。

这是后话了。当初，他们确实没有想得到。

天上的星，亮晶晶

"我还是得出去看一看。"

邵奇萍走后，黄幼衡轻声对妻子说，语气里流露出因不能陪她而产生的内疚。

颜竞愚看看表，离集合的时间还有不到两个小时了，就说："你对邵营长不放心吗？"

"不！从几年来的接触中，我相信他不是一个出卖朋友的人。"黄幼衡走到妻子跟前，抚摸着那白嫩滑腻的臂膀说："我是去看看动静。这不应该是我们的蜜月之夜的样子啊！可有什么办法呢？既然我们做出了选择，就要勇敢走下去，中途是不能反悔和停顿的。至于蜜月，到了那边以后我再给你补吧。"

"谁要你补！"颜竞愚伸手摸着丈夫搭在臂膀上的手，娇嗔地说："这也是我自己愿意的。"

"好！"黄幼衡说完，拿起手枪，拉开弹夹，上了一颗顶膛子弹。

狗舔了一舔颜竞愚的脚，又抬头看看黄幼衡，好像一下子拿不定主意，是和女主人留在屋里呢，还是跟男主人出去。

颜竞愚摸摸毛茸茸的狗脑袋，对丈夫说："让它跟你出去吧！"

"不，留下它和你作伴。我的胆子比你大！"

黄幼衡弯腰拍拍狗的脊背，示意将它留下来。

狗懂事似地摇摇尾巴。黄幼衡转身跨出了房门。

宁静的夜里，没有了白天嘈杂的声音。人们已经熟睡，青蛙还在歇息，没有了呱呱的呐喊，只有蟋蟀"蛐蛐"地叫着，叫声的高低长短参差不齐，像在唱一支夜的奏鸣曲。天空湛蓝湛蓝的，像刚刚漂洗过的巨幅蓝绸。弯月洒下缕缕清辉，星星如同一颗颗宝石，闪闪烁烁。"天上的星星，亮晶晶……"黄幼衡记起了小时候学过的歌谣。

踩着青石板铺筑的街道，迎面吹来微凉的夜风。他浑身都感到很舒服，头脑里也很清醒。偶尔遇到哨兵和巡逻队，远远地就问口令，他都毫不迟疑地作了回答。到了近处，有人问他："营长，你还没有休息？"

"噢！我来查查哨。"

"您可真尽职呀！"路上遇到的巡逻队队长开玩笑地说，"把新婚老婆一个人留在家里放心吗？"

"现在是特殊时期嘛！"他说着继续向前走去。

一个亮着灯光的房间吸引了他的目光。那是司令部的参谋处，是全师最灵敏的所在。不论是白天还是黑夜，只要八十三师的哪个角落里发生了情况，都会迅速及时地在这里引起最快的反应：人员往来，电话呼叫，部队出动。此时，这里寂静无声，值班的参谋坐在电话机旁边，懒洋洋地打着哈欠。

他走到一个哨兵跟前。这是特务营的士兵，年龄大、身体弱。黄幼衡轻声地问道："有什么情况吗？"

"报告营长，没有。"哨兵立正回答。

"上哨多长时间了？"

"刚来不大一会儿，因为其他人明天要演习，连长说我身体太弱，照顾我来站岗，不去参加演习了。"

黄幼衡明知这是自己的安排，目的是为了把全营年轻力壮的士兵都带走。但此刻，面对着这个自认为是被"照顾"的老弱士兵，心里又觉得有点过意不去。他还不知道自己是被丢下的人呵！我走了，他会怎么样？一旦打起仗来，他会落得个什么样的下场呢？"对不起了，亲爱的兄弟！你跟我多年，这也许就是我们的永别吧！"黄幼衡这样在心里说着，不由自主地上前抚摸着那个老弱士兵的肩头，说道："你要注意保重身体，打完仗之后就赶紧回家去过安稳的日子吧！"

说完，他就快步地走开了。他觉得眼睛有点湿润，怕再说下去就会被士兵发现。他自己也感到有些奇怪。十年了，戎马十年，他不打骂士兵，也不克扣士兵的粮饷，那是觉得良心上过意不去，简直可以说是怜悯这些被抓来的壮丁。现在，他才意识到，他和士兵们也是有感情的，一旦离开了，还真有点舍不得。

在一棵树前，他站住了脚。月光把前边一棵朦朦胧胧的树影投入了他的眼帘。他看着，看着，树影化成了一个人，是李祥。

几天之前，李祥夹着衣服走到他跟前，小声对黄幼衡说："我被放回去了。"

"你被放回去了？"黄幼衡有些吃惊，随即又说："好！你赶快走吧，祝你一路平安！"

过去，国民党抓到解放军的干部后，不是枪杀就是送上级请功，现在怎么会把这位解放军的指导员放走了呢？黄幼衡感到很奇怪。于是他急忙跑到参二科去打听情况，一位姓胡的参谋告诉他："师长要学习解放军释放俘虏的宽大政策，就把李祥放了！"

原来是这样啊！

他对李祥的被放走这样关心，也是有原因的。

他在到达丰县的前一天，军法处领来两个穿着便衣的人。其中一个三十多岁，微胖，高个头，身上长着疮。军法官对黄幼衡说："他叫李祥，是解放军的指导员，师长交代要关在你们特务营营部，一定要看管好他。"另一个二十多岁左右的青年，是李祥的通信员。军法官说："把他关在连里就行了。"到丰县城后，李祥住在营部通信班内的一间小房子里，同营部人员一起吃饭，每天由医务室的人给他换药治疗。

黄幼衡自从决定起义后，就十分注意寻找和解放区联络的渠道。睢杞战役后，师部把抓到的解放军和解放区武装人员关在特务营。黄幼衡看到一位三十岁左右的人，山东口音，身穿便衣，在俘虏中很有威信，估计这个人可能是个干部。一天傍晚，他让罗少先和另一个通信员把那个人提出来，带到城外放好警戒，接着，黄幼衡对那个人说："国民党认为你是共军干部，要枪毙你。我是八十三师特务营长，叫黄幼衡，要投奔解放军。现在我放你走，你回去向解放军报告，然后派人来和我联系。"说完就让罗少先把捆绑他的绳子解开，同时朝天打了三枪。到达定陶县属的一个村庄时，黄幼衡采取了同样的办法，又放走一个人。

可是，这两个人被放走之后都没有回音，黄幼衡就把目标转向了李祥。他打听到李祥的口才很好，在审讯中不卑不亢，表现得坚贞不屈，就连几个国民党新闻处的人都辩论不过他，师长周志道也同李祥谈过话。

一天晚上，黄幼衡叫罗少先把李祥带到自己的卧室。待李祥坐下后，黄幼衡装着审问的样子问道："你叫什么名字？多大岁数了？"

李祥看着黄幼衡，眼里流出愤怒的神情，没有回答。

"你是哪里人？是什么职务？是不是共产党员？"黄幼衡接着问。

李祥很不满意地说："你们已经问过多少次了，还问什么？你们说我是什么，我就是什么！"

黄幼衡表面上没有表示什么，心里却说：像个共产党的干部。这一次，他本来就没有打算从李祥的嘴里得到什么情报，只不过是想看一看这个人像不像共产党的人，看看他是硬骨头还是软骨头，能不能通过他和解放军联系。见到李祥这个样子，黄幼衡心里有数了，没有再继续问下去，就让罗少先把李祥送回去了。临走前，黄幼衡对他说："有病就要接受治疗，需要什么可以向罗班长提出，白天可以在营部院内散步，但是不要出营门，免得发生误会。"

等罗少先回来后，黄幼衡单独对他说："你对李祥的生活要多加照顾。"

第二天，黄幼衡又找到看护长陈再璞，嘱咐说："你在给李祥看病时，多和他谈谈，注意观察他的言行，有情况及时报告我。"

陈再璞常到李祥的房子里去换药。在一次换药时，他问李祥："我听他们说你是共产党，共产党是干什么的？"

李祥没有直接回答，而是反问道："你家中生活好不好，能吃饱饭吗？"

陈再璞说："我家里很穷，勉强能得温饱。"

李祥说："共产党就是为穷人办事的，让穷人有饭吃，有衣穿，不受有钱人的欺辱。"

陈再璞把与李祥谈话的情况，如实地报告了黄幼衡。黄幼衡又从侧面了解到李祥的受审情形，更加确认他是一名共产党的干部。

　　两天后的一个晚上，黄幼衡又让罗少先把李祥领到他的卧室。这一次，黄幼衡首先声明说："我不是审讯你，想请你来随便谈谈。"

　　李祥抬起眼睛，以警惕的目光看着黄幼衡，看看屋内和门窗外面，没有说话。

　　"听说你同新闻处的人辩论，周师长也同你谈过三民主义，我很想听你谈谈共产主义和三民主义有什么关系。"

　　李祥还是默默不语。黄幼衡知道，李祥是摸不清自己的意图，怕自己套他的口供，继而引诱他上钩。于是黄幼衡就讲了自己在前方和后方看到的国民党的黑暗和腐败。李祥只是偶尔点点头，并不发表什么意见。

　　"自古以来都是'民为邦本，本固邦宁'。现在国民党已经失掉了民心，必然失败；共产党深得民心，必然胜利。我个人是为了抗日救国才投笔从戎的，如今却成了民族和人民的罪人了。"黄幼衡说着，痛苦地摇摇头。

　　李祥的眼睛注视着黄幼衡的脸色，仍然不说一句话。很显然，他还是不敢相信面前的这位国民党军队的特务营长，说的是心里话。

　　又过了几天后的一个深夜，罗少先第三次把李祥领到黄幼衡的卧室。黄幼衡见到李祥后没有再绕圈子，开门见山地说："我们有几个反对内战的青年军官，想要去投奔解放军，只是找不到关系，你能帮助我们吗？"

　　李祥身上的疮已经基本上痊愈了。经过前两次的谈话，他看到这位少校营长的态度比较诚恳，所以，这次来到黄幼衡的卧室后，他没有怒目而视。但对黄幼衡提出的要求，仍然不置可否。

　　黄幼衡继续说："国军很少抓到解放军中当官的，因为你们官兵都穿一样的衣服，就算是抓到了，也分不清谁是官，谁是兵。按国军的规矩，抓到解放军的军官，不是枪毙，就是送到徐州的剿总请功。只要你能帮助我们找到解放军，我们保证救你出去。"

李祥抬起头，看了黄幼衡一会儿，说："只要你们是到解放区去，我愿尽力帮助，我个人算不上什么。"

"如何找解放军联系？"

"你派人到解放区去就能找到。"

"解放军到处流动，怎么能找到呢？如果遇到民兵，会不会被误杀？"

"民兵不会乱杀人的。遇到民兵的话，你就说要找解放军，民兵就会带你们去找的。"

"好！等我们几个人商量后再决定行动。"黄幼衡高兴地说，"我们中有一个人参加过新四军，等他来了再同你谈谈。"

这时的黄幼衡，心里也还有一个迷惑不解的问题：解放军的干部一般不轻易暴露自己的身份，李祥为什么承认自己是指导员呢？后来经过张杰和李祥交谈，这个疑团终于解开了。李祥因为生病和长疮，与通信员一起回专署治疗。越过砀山到单县的公路时，在路边的一家饭店休息找水喝，恰好遇到八十三师的四十四旅部队沿公路开往单县，李祥和通信员来不及走开，就匆匆躲进店主房中。当队伍快过完时，有两个士兵进屋找水喝，发现一顶斗笠，上面写有"八路"的字样，就把李祥和通信员带走。到驻地后，因李祥生病长疮，就先审问通信员。原来李祥觉得是在根据地行走，所以没有事先和通信员统一好口径。审问中，既无经验又着慌的通信员说是送指导员去看病，李祥想到不承认会更麻烦，也就承认了自己是指导员。实际上，他是冀鲁豫行署社会部的科长。

李祥在和张杰交谈的时候，还说："我可以写封信给你们。"

张杰将这些情况告诉了黄幼衡，他们两人研究确定，派人到解放区去联系，并从地图上找到赵庄以西十五里的大陈庄，认为这是个比较大的村庄，可能有共产党的区乡政府。为了安全，不要李祥写信。张杰又把这些情况告诉了李祥，说："我们决定派人往解放区联系，不要你写信了，以免通过国军防区被查出来增加麻烦。因为师长和师部都知道你，所以不能私自释放你，特务营走时，你也一起走。"

"不要考虑我个人的安危。在任何情况下，我也不会讲出你们同我的谈话。你转告黄营长放心，即使我死了，你们的正义行动就是对我的最好的安慰。"李祥讲到这里，把话题一转，又说："经赵庄走大陈庄这条路线选择得好。由赵庄往西属山东单县，那里是老根据地，群众基础好。派去联络的人如果碰到了民兵或者武工队，就说有重要情报找分区，他们就会把你们送到分区的……"

夜色中，一个黑影跑过来，远远的，黄幼衡就认出了是自己的那条狗。狗围绕着他转了一圈，卧在面前直摇尾巴。呵！一定是妻子打发它来的。

狗的到来，使黄幼衡的思绪又回到了现实中。他很钦佩李祥的机智和坚贞不屈，感激李祥给自己指出了和解放军联系的方法。他猜测着，李祥该早已回到解放区了吧，他应该已经把我们的情况向上级报告了吧，他的病应该也完全好了吧？

黄幼衡又往前走了一段路，前面不远处就是通信营。总机机房的灯光还亮着。这里也是师里的中枢神经。此时，这神经也在休息。透过窗子，他看到守机员在打瞌睡。这说明没有紧急情况，他放心了。

他的目光又射向邵奇萍的房间。那里，也有微微的亮光。他在心里默默地说："奇萍，你还在处理你的信件、日记和书籍吧？亲爱的朋友，别了！愿你也能早一天离开内战的战场。"

金凤子，开红花，不知落在哪一家

淡淡的月光，从门缝里和窗子的木格间泻进来，洒在房内的泥土地面上。

颜竞愚独自一个人坐着，狗很亲热地依偎在她的身边。这狗好像也理解女主人此刻的心境似的，不走动，也不汪汪地叫，生怕弄出声响，使主人更害怕。颜竞愚有点恨自己，笑自己，怎么胆子变得如此小了？她自认为不是一个胆小的女子。战乱中，她敢四处奔走，找一个教书糊口的工作。那时候，她什么都不怕，今夜里却有些怕了。

自从丈夫走出去之后，她就把灯熄了。黑夜里，灯光会成为人们注意的目标，会引起人们的猜想：这对新婚夫妇，怎么这样晚了还亮着灯？把灯熄了，她透过窗子，可以看到外边，而外边的人却看不到她。她坐了一会，躺到床上，想睡一小会，哪怕打个盹也好。

床单很柔和，枕头很松软。按往日的习惯，她躺下去就能进入梦乡。那时，在紧张激烈的体育训练之后，洗洗澡，洗洗头，甜甜地睡呀，睡呀，起床的铃声响了，伸伸胳膊，蹬蹬腿，还不想起。可是，现在却睡不着了。睡不着就不睡了吧，她索性挺身起来，坐在床沿上出起了神。

"金凤子，开红花，不知落在哪一家……"

啊！多么悦耳动听的歌声，是妈妈唱的。这位善良的女人，一边给女儿梳着小辫儿，一边柔声地唱着。那么圆润，那么缠绵，婉转声中渗出难言的哀怨。开始，颜竟愚只觉得好听，慢慢地，她听懂了，母亲是怨自己命运不济，没有生个男孩子，全都是女娃娃。而女娃娃就是那个金凤子，别看现在花儿红艳，却不知将来要落到谁的家里。

父亲颜郁文可不是这样。他喜欢女儿，疼爱这群女儿们。可母亲却说："你爸爸是个怪人！"那时，父亲是一位年轻的牧师，身穿黑色的长褂，胸前戴个金黄的十字架，手里捧着本厚厚的砖块似的《圣经》，领着教徒们做祈祷，向信徒宣讲经文，和和气气，文质彬彬。可是一回到家里，他就变成了另一个样子，常常一个人生闷气。

每当这个时候，母亲就小心翼翼地送上一杯滚烫的茶，低声温柔地说："又怎么啦？消消气吧。"

"那些外国传教士……"父亲只说这么半句话就停住了，脸上露出明显的郁闷的表情。

他为什么对外国传教士那么不满意，那么反感呢？开始，顺良的妻子百思不得其解。自己的丈夫不就是外国的传教士培养出来的吗？颜郁文小的时候，家里很穷，所以跟着他的父亲给国外的传教士牵牲口。但他很有心计，一有空的时候就偷偷地认字，偷偷地读书。那个传教士看到这个光头赤脚、衣衫褴褛的中国孩子这么喜欢学习，不但没有阻止他，还有意识地教他，送他到湖北神学院去学习，使他这个中国的苦孩子成为了一个受人尊敬的牧师。

有一天，颜竟愚的父亲气冲冲地回到家里，对妻子说："我不干了！"

"为什么？"妻子不解地问。

"那些外国传教士太欺负人了，我受不了这个气！"父亲愤愤地说。

"谁欺负你了？"母亲同情地问。

父亲大声说："他们欺负中国人，看不起中国人，我也是中国人，也有作为一名中国人的尊严！"

颜郁文说到做到。他果然辞去了牧师的职务，与合伙人在益阳创办了达人织袜工厂。"我要振兴民族工业，使我们的国家富强！"他满怀信心地说。

这个织袜厂的生意很兴隆，到北伐战争时，已经办得规模很大了。于是，他悄悄地支持过农民运动，掩护过一些"身分不明"的人。情况紧急的时候，他还让这些人住在自己的家里，临走时还给他们一些钱。正因为这样，"马日事变"爆发后，他不敢再在工厂里呆了，就带着妻子女儿，离开经营多年的工厂，回到了宁乡的农村老家。

幼小的颜竟愚，虽然还不能完全理解母亲讲述的关于父亲的行动，但在她的心里，已经开始意识到，父亲的骨头是硬的，有着中国人的尊严。一个由外国人培养出来的牧师，却因为自己的同胞受欺负而愤然辞职，如果没有一颗爱祖国、爱同胞的心，是不能办到的。

如果说这些还是从母亲嘴里听来的，那么在宁乡农村的日子里，颜竟愚亲眼见到过父亲是怎样一个"怪人"了。这个当过牧师、办过工厂的人，隐居在乡间的草屋里，种了一大片果园，养着一大群鸡，过起了"世外桃源"的生活。可是这里并不是"世外桃源"，那颗正直的、爱国的心更没有隐居起来。

颜竞愚印象最深的，是她上小学五年级的时候，有一位姓刘的老师要到延安去上抗大，颜竞愚带头在同学中募捐，送给刘老师作路费。父亲知道这件事情后，赞扬了女儿的行为，并感慨地说："这个老师好！他走的路对！"也就在这之后不久，父亲摸着她的蓬松的小辫子，对她们姐妹几个说："你们长大后，要支持工农劳苦大众，和他们站在一起。"

人们常说，母亲是人生的第一位老师。其实父亲又何尝不是呢？颜竞愚从母亲身上学到了勤劳、善良的品质，更从父亲身上学到了要做一个有自尊的、正直的人。"要支持劳苦大众，和他们站在一起！"这铮铮的话语，颜竞愚一直记在心里，当作座右铭。她就是带着这些从父母亲身上接受下来的品格离开家乡，上了中学，上了师范。也许正因为这些精神力量的驱使，所以当未婚夫决定冒着生命危险去投奔解放区的时候，她毅然以身相许，誓死同往。即使在后来受到委屈，也从不反悔。

在二十年后的一场大动乱中，黄幼衡被诬陷为"派过来的"而被关进了牛棚，受到审查和虐待。一些人找到颜竞愚，要她揭发丈夫的罪行，交代自己的问题。这位坚强的女性大义凛然地说："黄幼衡是自己起义的，我支持他，没有什么好揭发的。我是投奔解放区的青年学生，是思想进步的表现。"

那些人没有得到自己想得到的东西，大发雷霆地吼道："你是投机分子，投机革命！"

颜竞愚怒视着那些人："在那样的情况下，你也投一个试试！至于我，现在还认为当初是对的！"

弄的那些人张口结舌，无言以对……

当时，颜竞愚是不会想到后来的遭遇的。她坐在新房里，看着门口，听不到熟悉的脚步声。丈夫怎么还不回来呢？快到集合的时间了。她拍拍狗的脊背，朝门外指了指。狗马上明白了女主人的意思，向门外跑去，它要去寻找它的男主人。

　　狗跑了出去，颜竞愚的思绪又回到了对往事的回忆上。她真的想念父亲和母亲了。他们应该收到信了吧？临离开上海的时候，她给父母亲写了一封信，信中说她就要结婚了，并说婚后将和丈夫一起到很远的地方去，嘱咐他们千万不要回信。这两位老人收到信后，一定会又高兴，又揪心，或许正在做着种种的猜测吧？

　　颜竞愚和黄幼衡在南京订婚后，就回到湖南的老家去看望父母，把订婚的事情告诉了两位老人。黄幼衡也回到昆明去省视双亲，归途中绕道到了颜竞愚的家。这位未婚女婿的到来，使未来的老岳母非常高兴。慈祥的老太太乐得抿不上嘴，笑得满脸开花。她忙里忙外，又是杀鸡，又是买鱼，还打来了酒，要隆重地招待一番这位"乘龙快婿"。父亲还是那样的"怪"，一看到女儿找的是一位国民党军队的军官，脸上就不冷不热，使黄幼衡感到很难堪。

　　"不要理他，阴阳怪气的！"母亲对黄幼衡说。

　　"别看他表面这样，心里可好哩，要不怎么都叫他是'怪人'！"颜竞愚也在没人的时候安慰未婚夫。

　　颜竞愚想到了那一切，禁不住在心里说：爸爸啊，妈妈啊，你们如今在什么地方？都好吗？女儿将随着心爱的丈夫，走向那光明的地方。当然，通往那里的路并不好走，而且还有危险，甚至是死亡，但我们已经下定了决心，就双双携手前行，义无反顾。只要勇敢地走下去，就一定能到达目的地。父亲啊，母亲啊，祝福我们一路平安，顺利地到达要去的解放区吧！

　　正在颜竞愚想着这些的时候，门外传来了熟悉的脚步声。她听出是丈夫回来了，赶忙摸到火柴，点亮了油灯，那昏黄的光焰，耀得她一下子睁不开眼，过了一会儿才看清丈夫的模样。

　　黄幼衡跨进门说："在远处看到屋里黑着，我还以为你睡了呢，原来你还没有睡啊？"

"睡不着嘛，既兴奋，又紧张。"颜竞愚看着丈夫说。

"这几天你太辛苦了。"黄幼衡走上前，一只手撩拨着妻子鬓边的头发，无限感慨地说："担惊受怕的，看，人也瘦了，只能等到了那边再休息了。"

颜竞愚依偎在丈夫胸前，娇柔地说："和你在一起，我就什么都不怕。"

黄幼衡的手停在了妻子的头发上，目光环视了一遍屋里的陈设说："你千里迢迢地带了这么多东西来结婚，我们却不能相守了，都要留给别人了。"

"为什么？"颜竞愚一下子没明白丈夫话里的意思，扬起脸问。

"别的东西可以带走，可这新房里的东西不能带呀！你想想，带着新娘子参加演习备战行军，已经属于破格，如果再带上新娘的嫁妆，岂不是更引起别人的怀疑？"

颜竞愚站起来，走到方桌前，摸着细瓷茶具。她很喜欢这套茶具。这个样式、这个颜色，是她在上海跑了好几家店铺才挑选到的。如今却要丢掉，她心里真是舍不得。

她又看看室内的新被褥、蚊帐，猛地抬起头对黄幼衡说："好吧，那就原封不动，一件也不拿。"说着，她的目光重新落回了床上，又用商量的口吻问道："可不可以把蚊帐带着，别的什么也不拿，只拿这一样，到那边要用的，行吗？"

黄幼衡点了点头。颜竞愚伸手去解系蚊帐的绳子。

这时，不知从什么地方传来了一声轻微的响动。黄幼衡急忙熄灭油灯，颜竞愚也立刻放下蚊帐，站到了丈夫的身边。

黄幼衡把一支上着顶膛子弹的小手枪交给妻子，说："竞愚，拿着这个。它跟了我很多年了，有情况可以自卫。"他自己则拿起一支冲锋枪和一支二十发快慢机手枪。

这一对新婚夫妇，握枪贴在门窗旁边，目不转睛地盯着门外，心怦怦地急跳，手也攥出了汗。过了好一会儿，再没有听到动静，两个人才回过头相视一笑。

颜竞愚说:"又是一场虚惊!"

"越是在这种情况下，越不能麻痹!"黄幼衡低声地提醒妻子说。

"对! 我守住窗口，你守住门口!"

两双明亮的眼睛，两颗跳动的心，还有三个黑黝黝的枪口，在这寂静的深夜里，警惕着，等待着……

带着新娘的战备行军演习

"快到集合时间了，你去准备一下吧。"黄幼衡悄声对妻子说，眼睛仍然没有离开门外。

颜竞愚转身走到床前，摊开一床被子，放上几件自己最喜欢的衣服，又顺手摘下蚊帐，很麻利地卷成一个包，边捆边说："好啦！"

"你把衣服也换上。"

她脱下身上的衣服。这是当新娘子的衣服呀，还没穿够呢！她慢慢地脱了下来，拿起一套军装穿在身上，十分合适。这是丈夫预先给她准备好的。最后，她又将一个绿色的钢盔戴在头上。

"鞋子怎么办？"她问道。

黄幼衡掉过头，灯光下，站在面前的俨然是一名年轻的女军人，很清秀，也很潇洒，这比他见到的那些女军人英俊得多。如果让不知道的人猛地一看，还真辨不出是个女人呢！噢！鞋子，他早就想过，可是没有适合的，又不能凑合，因为要走很远的路呀，随便找一双穿上可不行。

"就穿你那双白球鞋吧，走起路来方便。"他回答妻子说。

黄幼衡看到妻子收拾好了，就打开门，将捆好的包交给罗少先，说："你把这个带着，赶快到小操场集合去吧。"然后领着妻子走出新房。

颜竞愚走出房门，又回过头，长时间地看着这座普通的土坯平房。这是她的洞房啊！在这里，她结束了少女时期的生活，成为一名忠诚的妻子。一天多以来，虽然没有卿卿我我的长久的拥抱，没有甜甜蜜蜜的情话俏语，但她还是有点留恋，留恋她结婚的地方。我今后也许要走很多地方，住很多房屋，可是无论走到哪里，也不会把它忘记的。她想着这些转过身，紧走几步，追上等着她的黄幼衡，然后跟在丈夫身后，匆匆地向西门内的小操场走去。

天色中已经透出了亮光，浸满露水的空气，清凉而潮润。远远的东方天边，露出灰白色，微弱的晨风已经在地面上游动。丰县城还在熟睡之中，人们也还在做着梦中游。这是1948年8月16日的清晨，静悄悄中滚过一阵阵踏踏的脚步声。特务营的官兵正在赶往集合地点。

黄幼衡和颜竞愚来到西门内的小操场时，动作快的连队已经到了；动作慢的正在往这里赶，"快！快！"的催促声低沉而严厉。

"报告营长，三连集合完毕，武器装备、弹药、马匹全部带齐！"

"报告营长！一连集合完毕……"

"报告营长！机炮连集合完毕……"

"报告营长！营部集合完毕……"

黄幼衡向队列前面走去，心情很激动。十年了，这样的场合不知道经历过多少次，就是以营长的身份出现在队前，也难以计数，可是今天还是有一种异样的感觉。因为这不是一次普通的演习呵！从现在开始，他就要率领这个营，冲出黑暗，走向光明，从人民大众的对立面，勇敢地站到人民大众的一边。

在离队伍几米远的地方，他停住脚步，笔直地站立着，炯炯的目光，把全营的队列从头到尾都看了一遍。接着他干咳了一声，有力地说："行军命令！"随着这四个字，"刷"地一声，全营立正站着，所以人的目光都集中在黄幼衡的脸上。

"全营行军演习开始！一连为前卫连，娄彩芹排长率二排为尖兵排，并派出一个尖兵班，搜索前进；前卫连的后边，按机炮连、营部、三连的序列跟进。三连又是营的后卫，负责检查、收容掉队的人员。"

说到这里，黄幼衡顿了一下，接着又稍稍提高声音强调说："到达赵家桥时，尖兵班派一人在枪尖上挂一面小旗，以便识别位置。"

在枪尖上挂一面小旗，这是和解放军约定好的联络信号。三分区的刘云峰参谋已经将这个信号带了回去，解放军将根据这个信号来迎接他们。

对于战士们来说，营长还和以往一样，只有颜竞愚从丈夫的声音里，听出了微微的发颤。

"出发！"随着黄幼衡这一声凝重而威严的口令，特务营成二路纵队向西城门走去。

黎明之前，天色又暗了下来。黑夜，顽固地抵抗着光明的清晨的到来，不坚持到最后是不肯罢休的。月亮落下了，星星隐去了，四周一片模糊不清。穿过黑暗设下的最后一道防线，"踏踏踏"的脚步声参差而急促。

西城门还未打开，城楼上传来了大声的喝问："干什么的？"

"特务营出城演习！"

这是娄彩芹的声音。这位为了抗日救国而自动投军的青年人，十分富有正义感。他对国民党的黑暗腐败的现状担忧，且对国民党军队的祸国殃民的行为深为不满。所以，当黄幼衡和安景修找他谈话时，他当即表示，今后要约束士兵不触犯纪律，不侵犯老百姓的利益。现在，他虽然还不知道要去投奔共产党的事情，但在他心中，已经初步有了明确的是非观。

"哗啦"一声城门打开了。特务营顺利地出了城，沿着大路，向西北方向疾进。

西门外不远的地方还有一支守备部队，就是一八七团四连。这个连的连长戴金城，是1941年和张杰一起到黄幼衡任连长的骑兵连当兵的。他作战勇敢，为人正派，深得黄幼衡的器重，把他从班长、排长一路提拔到特务营一连的营长。在黄幼衡到南京复习期间，戴金城被调出了特务营。他和张杰的关系很好，起义之前，张杰曾动员他一起投奔解放区，他沉思了很久说："我的妻子正在怀孕阶段，行动不方便，我怎么能离开呢？"黄幼衡经过这里时，看着四连的驻地，在心里替戴金城捏了一把汗：我们走后，他会安全吗？

看到丈夫沉思，颜竞愚走过来说："幼衡，你在想什么？"

黄幼衡朝四连驻地看了看，摇摇头说："没想什么，咱们快走吧。"

过了四连的防地，黄幼衡的心里略为放松了一些。前边，没有什么部队驻守了，一些还乡团、保安队和零星的便衣人员不会对他们造成多么大的妨碍。但他又立即提醒自己：绝不能大意，功亏一篑的教训可是不少啊！

他喊来两名士兵，牵过两匹马，交给张杰和颜竞愚每人一匹，说道："你们两人骑马和尖兵排一起走吧。"接着又命令那两个士兵，"你们两人跟着他们两个，负责保护他们的安全！"

颜竞愚接过马缰绳，眼里湿润了。这是黄幼衡自己平时骑的马，跑得快而且平稳。她知道，丈夫平时除了喜欢狗以外，还非常喜欢马。狗和马，是他的两件宝。

"你为什么喜欢狗和马呢？"一年前在盐城的营房，她问黄幼衡。

黄幼衡笑笑说："狗很机警，而马善驰骋。"

也许是爱屋及乌的原因吧，从那以后，颜竞愚也喜欢上了马和狗。在冰天雪地里，她逗着狗耍，喂给它好吃的东西。她自己也学着骑马，而且骑得很好。夜里，丈夫把心爱的狗留在家中陪伴她；此刻，又把自己平时骑惯了的马让她骑。这是怎样的时刻，怎样的情意啊！她走到丈夫的身边，含情脉脉地说："你呢？"

"我要和部队走在一起，随时处理可能出现的情况。"黄幼衡说道。

颜竞愚没有说话，也没有走开，还在迟疑不决。

黄幼衡又交代说："你和张杰跟在尖兵排的后面走，这样比较安全。如果发生战斗，你们就直往解放区跑，不要管我！"

这话使颜竞愚更不愿意走了，固执地说："不！我要和你们走在一起！"

"不要这样。我这么做只是以防万一，不会出什么事的。"黄幼衡看着颜竞愚的脸，安慰地说道。

他完全理解妻子此刻的心情。这才是结婚的第三天呀！她以身相许，生死追随，心里当然是相信他的，觉得只有和他在一起才安全。黄幼衡自己也有责任保护她，何况又是在这样的时候！可是，他要指挥部队，还要随时准备应付可能发生的突然情况。于是，他向妻子投去温和的一瞥，像哄小孩子似地说："别再任性了，你和我在一起，不但危险，一旦有了情况，也会影响到我，你再考虑考虑吧。"

她不是不懂道理的女人，丈夫都说到这个程度了，她能不理解吗？他也是为了自己着想啊！颜竞愚心想，在这样的时候，我决不能由着自己的性子来，而是应该尽力协助他，至少也不能为他增加麻烦呵！颜竞愚这样想着，就牵起了马，恋恋不舍地和张杰一起走向尖兵排。

尖兵排在搜索前进，走得很快。营部、机炮连和三连紧紧地跟上。颜竞愚走在尖兵排的后边，一步也不敢拉下。她的身上、脸上都淌满了汗水，几缕短发紧紧地贴在汗湿的前额上。她的白色的球鞋沾满了星星点点的泥土和草叶。一个士兵走过来，递上了马缰绳说："太太，骑上马走吧，你太累了。"

"太太？"颜竞愚的脸本来就被汗水渍得红扑扑的，听到这个称呼，脸红得更厉害了。这还是她第一次听到别人这样称呼她哩。虽然已经结婚两天多了，她也确确实实当了太太，堂堂正正的营长太太，可是没有人当面这样叫过她，乍一听，她心里还感到甜滋滋的，但又觉得有点不好意思。看到那个士兵完全是一片诚意，就擦一把汗，笑笑说："我不累！"

她自己也知道这不是心里话。怎么能不累呢？她虽然不是一个娇生惯养的人，可是从来也没有以这样快的速度，走过这样远的路。腿痛了，腰也酸了，再加上几天来没有好好睡过觉，浑身疲劳到了极点，一步也不想再走。她真想骑上马，扬起鞭子，一路驰骋，早点到达目的地。不过她又有点怕，如果骑在马上，目标不是更大吗？特别是那双显眼的白球鞋，在这绿色的行列里，更是如绿草地上的一朵盛开的白花，格外引人注目，远远地就能看到。她和蔼地对那个递过马缰的士兵说："我是运动员，身体好，还是步行吧。"

太阳越升越高，毒花花的阳光照射下来，如同喷着火焰一般，炙烤着行军的队列。路两旁，是密密的高粱和玉米，人走在中间，如同走在密不透风的夹墙之中，闷热闷热的。军官和士兵的脸上、身上都流满了汗水，特别是那些背着武器和弹药的士兵，衣服都湿透了。黄幼衡也是一样，但他的心里很高兴。他看看表，又看看地图，心里估算着，照这样的速度，应该可以按时到达预定的地点了。他让通信班传他的话："保持这样的速度前进！"

黄幼衡抬起头，想看看妻子怎么样了，能不能骑得惯马，能不能跟得上队？不过他又转念一想，自己的妻子是运动员出身，她的身体好，有忍耐力，一定会坚持住的。

"你难道忘了，我是运动员！"妻子的话在耳边响起。

怎么会忘记呢？在她要报考大学的时候，黄幼衡曾经问："你想考什么样的学校？"

"我想上体育专科学校，学体育我有基础。"

"是吗？"认识以来，黄幼衡没有听她说起过，他有点不相信似地看她。

颜竞愚似乎看出了黄幼衡的怀疑，就说："我在学校的时候就很喜欢体育，参加过湖南省的运动会，掷铁饼、铅球、标枪都得了第一名，被誉为'三铁女皇'呢。怎么，没看出来吧？"

"没看出来。"黄幼衡老实地承认说。

"那好，等有机会让你亲眼看一看！"

后来，终于有了一次机会。有一天，正在南京复习的黄幼衡收到未婚妻颜竞愚的一封信。信上说："我将要参加运动会，请你来观看吧。"他接到信后，真的在开运动会的时候去了上海。

这是国民政府在大陆举行的最后一次运动会，虽然有些冷冷清清的，但是黄幼衡还是很感兴趣。特别是颜竞愚比赛的那天，他早早地就坐在看台上，眼睛紧盯着比赛场。等啊，等啊，终于等到她出场了。蓝色的运动衣，白色的运动鞋，一根紫红色的带子勒住乌黑的头发，她是那么矫健，那么敏捷。她手持一支标枪，站在那里，目视前方，显得威风凛凛。

裁判员的哨声响过，她助跑几步，旋转身体，随之，标枪出了手。阳光下，那标枪犹如一条游龙，急急地向前飞去。此时，坐在看台上的黄幼衡的目光，不，是整个心，都被那支标枪带走了。他希望这支标枪飞得远一些，再远些……最后的比赛结果中颜竞愚没有夺冠，仍然得到了名次，黄幼衡很为她高兴。

中午十二点，特务营顺利到达赵庄。当地的保安队和还乡团看到来了这么多的正规军，就围了上来。有个头头模样的人凑到黄幼衡跟前，点头哈腰地说："长官，前面就有共军，你们还到那里去？"

"我们是一边演习行军，一边搜索共军。"黄幼衡说着，命令他的队伍继续前进。

又走了不长时间，来到了赵家桥。尖兵班的一个士兵在枪尖上挂起一面小红旗，鲜艳而醒目，看着在风中飘动的小红旗，黄幼衡长长地出了一口气，高兴地想：到了！成功了！随即传令，由尖兵排开路，全营成两路纵队跨过赵家桥。跟在后边的还乡团，原想仗着"国军"的威势去抢点东西，到了这里，却不敢再走了，都悄悄地退了回去。

"叭叭！"前面突然传来尖厉的枪响。怎么回事？黄幼衡的心一惊，立即派张杰至前面去查明情况，他命令部队原地休息，自己向前边跑去。

在接头的地方，响起了枪声

枪声，来自尖兵排那里。

那个枪尖上挂小红旗的尖兵走在最前面，尖兵排跟着他向前行进。

就是这面小红旗，在远远的村头，引起了一片兴奋的骚动。

前来迎接特务营的解放军便衣队，为了及时发现行进队伍和作为联络信号的小红旗，有两名侦察员爬到一棵最高的大树上，向特务营来路的方向瞭望。

"来了，我看到了！小红旗，小红旗！"上午九点多钟，两名侦察员几乎同时兴奋地对树下的人喊道。树下一阵欢呼，大家互相搂抱着跳了起来。有的人也就不注意隐蔽了。

不大一会儿工夫，枪上插着小红旗的尖兵和尖兵排就来到了村头。

正在这时，特务营两三个士兵拉拉扯扯地带过一个人来，大声地说："我们抓到一名八路的便衣，他说是随什么参谋来迎接我们的，还说我们不该这么无礼地对待他。"

看到国军和穿便衣的人在这里争执，民兵们开了枪，尖兵排也开枪还击。黄幼衡听到的，就是这枪声。

黄幼衡来到尖兵排，看到迎面走来的刘参谋，脸上露出了不悦之色，以质问的口气说："刘参谋，就是这样迎接我们的吗？我们经过的路线，为什么不事先通知民兵？"

"像这样关系起义成败的大事，是不敢过早向沿途民兵和村民下达通知的，一旦走漏了消息，你们又因某种原因不能准时出城，岂不坏了大事？你放心好了，再往前走，我设法派人在前面先行一步，通知民兵和老百姓就是了。"

黄幼衡点点头，没有再说什么。

在另一个地方，娄彩芹也抓到了两个解放军战士和他们骑的两匹马。

娄彩芹大声向被抓到的人喝道："你们是干什么的？"

对方没有回答。

"拿出证件来！"娄彩芹又大声喊道。

有个人递过来"证件"，接证件的那个士兵可能不认识字，又送给颜竞愚，说："你看上面写的什么？"

颜竞愚看到证件，一下子惊住了：这是解放军呀！我们不就是来寻找他们的吗？他们不就是来接应我们的吗？怎么能抓他们呢？误会，天大的误会。但此刻，她又不能说出来，因为娄彩芹还不知道起义的事。

娄彩芹见到颜竞愚在看证件，就走过去问："你看怎么办？"

"你不要管，赶快带去交给你们营长。"

娄彩芹带着两个战士和两匹马，见到了气喘吁吁地赶来的营长。黄幼衡没好气地问道："怎么回事？"

娄彩芹急忙走到黄幼衡面前，"啪"地打了一个立正："报告营长，抓到两个共军。"

黄幼衡看到两个穿着解放军服装的人，就知道发生了误会。

的确是误会。这是负责筹办起义官兵饭菜的管理部门，为准确掌握特务营到达的时间，派了两名骑兵战士，来探看消息的。尖兵班见是两个穿着解放军服装的人，就冲上去，不由分说地夺了马和枪，还让他们背子弹。他们知道这是起义的部队，也就老老实实，毫无反抗地被押了起来。

跟随娄彩芹来的士兵，愤愤地说："我们说这帮便衣是八路，竟有人不听也不信。刚才抓到的那个便衣就喊他什么参谋，这两名穿八路军装的骑兵又喊说什么参谋，你总该相信了吧。"

黄幼衡挥挥手，对娄彩芹和那个士兵说："把他们留在这里，你们回去吧。"

娄彩芹和那个士兵走后，刘参谋问："黄营长，你看怎么办？"

黄幼衡沉吟一下，说："这是误会。当然放人，没有什么好说的。只是现在大多数人都还不知道起义，得想个办法。"接着他又问张杰："沈万荣呢？"

张杰说："我说营里有些人知道他携款逃跑，让他不要露面，先到大陈庄去等着。"

他们此时还不知道，沈万荣已经逃走。沈是广东梅县人，1942年在五十一师骑兵连当兵，1944年到八十三师特务营，是黄幼衡把他从士兵提拔到中尉军需的。当黄幼衡将起义事告诉他时，他是同意的。他在三分区住了两天，看到解放军穿的是粗布衣，吃的是高粱面窝头、小米饭，他很不习惯，再加上黄幼衡在南京复习考陆大期间，他贪污了一些钱，就悄悄地逃跑了。后来，1952年，他往安景修的老家写过一封信。

跟在尖兵排后面的颜竞愚，看到了这一切，两手握得紧紧的，手心出了汗。一路上都很顺利，怎么到地方了，竟出了问题？太危险了！

黄幼衡对刘参谋说："这样吧，现在还得委屈这两位弟兄一下，继续背一会子弹，等到前边公开宣布起义就可以不背了。"

"没问题。"刘参谋答应说，转脸对两个战士说，"你俩就委屈着再当一会俘虏兵吧。"

两个战士苦笑着点了点头。

黄幼衡抬起头大声喊道："通信员，叫娄排长到这里来。"

娄彩芹跑步来到。黄幼衡指着刘云峰介绍说："他是徐州特别行动队的刘参谋，是配合我们到共区去打游击的，刚才没有联系好，发生了误会，以后不要再出现这样的事了。"

明明是共军，怎么成了自己人呢？娄彩芹睁大迷惑不解的眼睛。但营长已经说了，他不好再说什么，立正答应道："是！"

娄彩芹走后，刘参谋轻声对黄幼衡说："黄营长，这里是交界的地方，还得再往前走，到了曹马集再吃饭休息，那里已经准备好了饭菜。"

黄幼衡点点头，掏出一张五万分之一的地图，铺在地上仔细看了一会，然后抬起头，对刘云峰和张杰说："你们两人在前面走，通知沿途的部队和民兵让开路，免得再发生误会。"

刘参谋和张杰同时说："好！"

他大声地宣布：从现在开始

　　特务营沿计划路线，继续向前行进。炎炎的烈日，高高挂在头顶，路两旁是高粱地，又闷又热。在他们的右翼，是三分区八团的部队，负责掩护和断后。不过，这些情况，士兵们并不知道。

　　黄幼衡仍走在队伍的中间，颜竞愚离开了尖兵派，和丈夫走在一起，因为这时已经比较安全了。

　　"竞愚，你累了吧？再坚持一会！"黄幼衡鼓励着妻子。

　　颜竞愚深情地看着丈夫。她知道，丈夫比自己还累，他肩上的担子重啊！就说："是累了，不过能坚持住，你放心好了。"

　　下午两点钟，特务营到达山东单县的曹马集。这是个有一百多户人家的村子。特务营进村时，路两旁站满了群众，男男女女，老老少少，指指点点地议论着："这就是特务营？"

　　"听说是八十三师的'御林军'！"

　　"他们的枪真好！"

"还有个女的呢，穿的白球鞋，长得真漂亮！"有人指着颜竞愚说。顿时，众多的目光一齐集中在了这位新娘的身上。颜竞愚不在意这些，自己就是跟着特务营到解放区来的，怕什么？让他们看吧，说吧。

黄幼衡和前来欢迎的一位团参谋长王文田接头后，就让王子云、张杰和安景修三人照顾部队，命令排以上军官到村头集合，他要首先向他们宣布起义。

在村头，排以上军官站成两列，黄幼衡向他们前面走去，心里格外激动。

十年前的这个时候，他踯躅在重庆起伏不平的街头，寻找到延安去上抗日军政大学的途径。

在这之前，他考取了西南联大的工学院（杨振宁博士就是这一期）。父亲很高兴，给了他一笔上大学的钱。可是，和录取通知书一起送到他面前的，还有另一个消息：日本侵略军攻占了武汉和广州。这消息刺痛了一颗热血青年的心。"国家兴亡，匹夫有责"。国家将亡，读书何用？他瞒着父母，约了两位同学，要到延安去上抗日军政大学，学习驱逐侵略者、挽救民族危亡的本领。三个人从贵阳转道，进入山城重庆。

这一天，他和两位同学找到《新华日报》社。有位三十多岁的女同事接待了他们，问道："你们有什么事吗？"

"我们要到延安上抗大。"黄幼衡回答说。

"为什么要上抗大呢？"

"为了抗日，为了救国救民。"一个同学激奋地说。

"好哇！抗日，救国，值得欢迎。"

"那就请你介绍我们去吧。"另一位同学说。

"你们是从哪里来，有介绍信吗？"

"我们是昆明人，瞒着家里跑出来的，没有介绍信。"黄幼衡说。

"没有介绍信？"女同志沉吟起来，上下打量着面前的三个年轻人，显然是思考该不该介绍他们去。但最后还是和蔼地说："想上抗大是好事，你们自己去吧。"

磨了好半天，那位女同志仍然只是赞扬他们的行动，而不介绍他们去。他们没有办法，灰心丧气地回到了旅馆里，找到一张地图，关起门查找着到延安去的路线。好远哪。中间有重重高山，条条河水。这起伏的山路上的汽车走得很慢，要好多天才能到达西安。听说，这一路上还有国民党的便衣特务，要是被抓了去，不是要被杀头，就是要坐牢。危险哪！他们一群人面面相觑，没了办法。

就在这时，远在云南的父亲，知道儿子到了重庆，便托熟人在重庆的一家破旧的旅馆里找到了他，转达了要他回昆明继续读书的口信，还交给他一张机票。但是他没有同意，当即给父亲写了一封信，信中说："此刻国难当头，为救国救民，大丈夫当马革裹尸……"并且他还仿照荆轲的诗句，写下了"滇山苍苍兮滇水寒，壮士一去兮不复还"的话，表达了他不可更改的决心。在送走父亲的朋友后，他仍不觉得后悔。

可是，黄幼衡摸摸自己的口袋，又犯了愁。父亲给的上大学的钱已经所剩无几，不够坐汽车的了，难道要再向家里要钱吗？肯定不行，父亲母亲本来就不同意自己出来闯荡，要去，就只有"搭黄鱼"。所谓的"搭黄鱼"，就是在路上拦车，碰到好心的司机的话，就给些钱搭上一段车。如果碰不上好心的司机呢？他不敢想了。

白天，黑夜，这三个热血的青年徘徊在孤独的重庆的街头，或者在关紧门的小屋子里交谈，心急如焚。他们在寻找通往抗日的路，通往救国的路。然而，他们又不敢走上艰难的路途和冒杀头、坐牢的危险。正在这时，国民党中央军校第十六期在重庆招生。

"能拿枪打日本侵略者就行！上抗大，上军校，反正都一样能抗日。"一个同学说。

"也是啊！"黄幼衡心想。

三个人犹豫好久，还是狠狠心报了名。发榜时，黄幼衡和另一个同学考取了。他们将剩下的钱给了那个没考取的同学，劝他回去读书。他们则开始了军校生活。

黄幼衡站到了他的排以上军官面前，心里还在想：当初为什么不下定决心到延安去呢？十年了，我虽然打过日本侵略军，为抗日救国尽了一分力，但始终没有找到一条真正救国救民的路。现在，我终于走上了一条光明的正确的路。尽管晚了，人民仍然是欢迎我的。

罗少先带着通信班的士兵，手端二十响快慢机，站在黄幼衡的身旁，面向着排以上军官，使得气氛严肃而紧张。

"我宣布——"黄幼衡神情庄重地说，"从今天起，我们脱离国民党军队，投向共产党领导的解放军！"

他的声音虽然不大，却犹如一声沉重炸雷。队列里的军官的表情是复杂的，有的人睁大了眼睛，有的人张大了嘴巴，有的人脸上掠过一丝不明显的笑意，有的人无可奈何……

其实，这些人心中早就有了疑虑。以往他们进入解放区时，老百姓躲得远远的，到处不见一个人。今天，老百姓不但没有跑，还都走出家门观看，对他们笑容满面；过去强夺硬抢，也找不到东西吃，今天，群众却把茶水、香烟、西瓜送到手上；一路上，民兵不开枪，解放军不还击，抓到解放军又放掉……他们都感到是个谜，现在，他们终于明白了，原来是营长带他们投奔了共产党！

颜竞愚站在离队列不远的地方。黄幼衡讲话的时候，她的一双好看的眼睛，始终盯着静听的连排长们，这些人的脸色和眼神，她都看得清清楚楚。年轻的新婚妻子呵，既为丈夫的举动高兴，又为丈夫以后如何带好这个营而忧虑。

黄幼衡的目光扫视着队列里的每一张面孔，接着说："我们都是为了抗日救国才投军的。抗战胜利了，蒋介石却不顾人民的死活，发动了内战，让我们把枪口对向自己的乡亲和亲人。我们要掉转枪口，为民除害，为工农大众谋福利。"讲到这里，他顿了一顿，又说："现在，愿意跟我走的，我欢迎；不愿意跟我走的，我也决不伤害，放你们回去。"

队列里先是静默，接着骚动起来。有的人想说什么，但看到通信班的快慢机、围观的群众，还有远处持枪的解放军战士，就又闭紧了嘴巴。

"愿意跟营长走！"有一个人开了头。

"愿意跟营长走！"更多的人跟着说。

"愿意跟营长走！"连排长们一齐说。

听到这声音，远远站着的群众迅速围过来，不停地鼓掌欢呼："欢迎特务营官兵回到人民中来！"

"天下穷人都是一家！"

"向黄营长的正义行动致敬！"

颜竞愚也跟着鼓起了掌，疲倦的脸上，浮起欢悦的笑容。

村庄寂静，蛐蛐的叫声柔美甜润

暴雨之后，浅浅的万福河泛滥了，浑浊的河水溢出了堤岸，漫过路面和两旁的庄稼地。黄幼衡、颜竞愚和张杰三人，在丁乙科长、刘鸿飞股长的陪同下，骑马涉水过河，向特务营的驻地赶去。水深路滑，马走得很慢，蹚出"哗哗"的水声。

夜，静谧而安详。皎洁的月光，银粉一般地洒在平原上，满地的高粱玉米，影影绰绰，送来一阵清香。水中的青蛙，奏着悠然的小曲。轻风吹来，凉爽宜人。鲁西南的夏夜呵！解放区的夏夜呵！

颜竞愚高高地骑在马背上，再也不担惊受怕了，感到安全舒心。特别是刚才有短暂的时间打了个盹，现在精神多了。她抖动缰绳，两只穿着白球鞋的脚，轻轻地磕着马肚子。她想扬鞭驰骋，可是由于在水中，马蹄踏得水花四溅，怎么也跑不起来。没办法，她只好信马由缰了。

"这酒既是为你们的归来洗尘，也是祝贺你们的新婚！"王司令员端起酒杯，对黄幼衡和颜竞愚说。

"谢谢！"黄幼衡和颜竞愚同时说，眼睛湿润了。

在冀鲁豫三分区领导为欢迎他们而设的宴席上的情景，又呈现在眼前。那菜、那酒，就质量而言，都很难比得上周志道的家宴，但在这对新婚夫妇的眼里，它远远超过周志道家宴的十倍、百倍。真诚和热情，不是任何丰盛的酒席上都有的。

想着想着，颜竞愚的脸红了。走进王司令员的住房以后，一坐下来睡神就完全征服了她。浑身瘫软，眼皮比铅块还重，不知怎么就睡着了。人们都谈了些什么，她一句也没有听见。到了吃饭的时候，丈夫才把她叫醒。她猛地坐起来，嗔怪地说："你怎么不早叫醒我？"

"王司令员不让叫，他说你这几天太劳累，现在可以放心地睡了。"

"我太失态了，人家会笑话的。"

"不会的。陈政委说，我们这也是回到了家了嘛。"

是呵！回到家了，一切都可以放心了。颜竞愚回头看了丈夫一眼。月光下，黄幼衡还是那么亢奋。

这时的黄幼衡，思绪也还沉浸在刚才那热烈的场面里。

黄昏时分，他们来到了三分区所在地田老家。在一个普通的农家小院前，他们勒住了马头。还没等下马，就从院里走出两个人来，远远地大声说："欢迎你啊，黄营长！辛苦了！"

丁乙忙指着一个人对黄幼衡介绍说："这是分区王根培司令员！"又指着另一个人说："这是分区陈璞如政委！"

啊！这就是司令员和政委，普通的灰布军装，打着绑腿，如果不是年龄略大一些，谁也认不出来他们是这里最高的长官。黄幼衡快步走上前，立正行了个军礼，然后握着王司令员和陈政委的手说："可见到你们了！"

陈政委和黄幼衡握过手后，走到颜竞愚面前，握着那双柔

王根培

陈璞如

软的手说："了不起的女同志！你不但支持黄营长的行动，还一起过来了，我们真诚地欢迎你！欢迎你！"

颜竞愚不好意思地说："我刚从学校出来，什么都不懂，以后还得请首长多指教！"

"太客气了！一家人了嘛！"王司令员笑着插话说。

人们簇拥着来到一间屋里。这是间农家的土坯草房，又矮又小。靠窗的地方，摆着一张桌子，上面有笔墨和纸张，桌前有一把老式的木椅，墙上挂着一张地图。沿着墙根，有一些木板凳。在靠近门的地方，搭着一张行军床。进屋之后，王司令员将那把木椅搬过来，向黄幼衡说："你请坐！"

黄幼衡推辞着说："不。"就坐在了一张木凳上。其他人也各自找个座位坐下来，颜竞愚进屋后就坐在王司令员的行军床上。当大家开始说话的时候，她已经沉沉地睡熟了。

黄幼衡想叫醒妻子，王司令员忙说："让她睡吧，你们这几天太劳累了。"

"是呵！黄营长和颜竞愚一直吃不好饭，睡不好觉。"张杰解释说。

黄幼衡笑了笑："就是精神上太紧张，进入解放区后才放松了。"

一直微笑望着人们交谈的陈政委说："现在安全了，可以完全放松。因为回到了家，成了人民军队的一部分！"

"成了人民军队的一部分！"黄幼衡在心里重复着，心里感到热乎乎的。张杰第一次从解放区回到特务营，就向他汇报这样的话。当时，张杰曾代表他们向解放军提出了四点要求：第一不交枪；二不编散；三要编入野战军序列，不要编进地方部队；四要配备政治工作人员，进行短期教育和休整。并表示，愿意留一个人在解放区当代表，以表示诚意。就时这位陈政委，明确果断地说："你们的要求，我们已经用电报向军区做了报告，军区完全同意，大家都是为了打倒蒋介石，解放全中国，为什么要缴你们的枪呢？那不是自己人缴自己人的枪了吗？第二，你们是一个战斗单位，有很强的战斗力，解散你们就是解散战斗力，当然不会解散你们的。第三，军区所属部队都是野战军，县属独立团、营才是地方部队，你们起义后，绝对不会归县、区指挥。第四，关于整编和派政治工作人员的问题，等黄营长过来后，再具体商量。"并说，"分区党委相信你们，不要你们留下人质。"这些话，他一直记在心里。现在，他亲耳听到分区领导又一次说出这样的话，心里仍然很激动，感慨地说："谢谢分区领导、部队和人民群众对我们的欢迎！我们起义完全是不愿意再打内战，要站在人民一边来，在共产党的领导下，为建立新中国而奋斗！"

"黄营长是一位爱国进步的军官，我们完全相信这一点！"陈政委说。

王司令员接着说："为了部队的安全，军区首长希望你们先到黄河北边去，那里是老根据地，群众基础好，离国民党军队也远，便于教育和休整，不知黄营长是不是同意，还有什么意见？"

"我完全同意。"黄幼衡回答说，"军区首长想得很周到。离国民党军队远点比较好一些。大部分官兵，事先都不知道起义，现在思想还很混乱，需要有个安全的地点休整。我们什么时候走好？"

"不要急！我们备了点便饭薄酒，为你们洗尘。"王司令员说，"饭后由锭科长和刘股长陪你们到鸡黍集住下来，休息后再北上。军区前方指挥所在郓城附近，你们先到那里，军区首长会有安排的。"

看到丈夫只顾沉思，一句话也不说，颜竞愚勒马来到黄幼衡的面前，悄声问："太累了吧？你在想什么？"

听到颜竞愚的问话，其他人也围了过来。丁乙说："快到了，到地方就好好休息。"

黄幼衡摇摇头说："不累。我在想，怎么才能使部队的情绪尽快稳定下来。"

"这些，等以后再慢慢商量，不要太急了！"刘鸿飞安慰说。

远远的，前面出现了一片隐隐约约的黑影。刘鸿飞抬手一指说："到了，前面就是鸡黍集，部队今夜就住在这里。"

说话间，五个人走进了村子。这是一个较大的村庄，但整个村子静悄悄的，人们都已经入睡，部队也早吹过了熄灯号。

听到马蹄声，罗少先迎了过来："营长，你们回来了？"

黄幼衡点点头，又问道："部队都住下了吗？"

"住下了！老乡们招待得很热情。"罗少先说。

"有什么情况吗？"

罗少先迟疑了一下。由于起义的举动，对那些连排长和士兵毕竟太突然了，所以官兵思想混乱，管理也放松了。到天黑时，连长裴玉玺、特务长周起美，以及营部司药相继逃跑，新补来的士兵也跑了几十个人。罗少先看到黄幼衡疲惫的样子，本来不想告诉他，但是犹豫了一会儿，还是如实地讲了出来。

"唔!"黄幼衡吃了一惊，他没想到情况如此严重。

尽管是在夜里，颜竞愚看不到丈夫的脸色，但是从那一个"唔"字里，已感到了他的焦虑和不安。她柔声地像对自己又像对黄幼衡说："他们为什么要逃走呢?"

黄幼衡的目光盯着天上的星星，好久好久才收回来。

在这瞬间，他又想到了同他一起入中央军校的那位昆明同学。军校设在铜梁县，一个军官带领他们经青木关、两温泉、虎峰场，走了四天才赶到，不少人的脚上打起了血泡。由于学校迁到那里不久，家具都是新做的，全由学生搬运安置，还有打扫营房操场，埋设单双杠等。对于青年学生来说，是够累、够苦的了。那位同学忍受不住了，找到黄幼衡说："幼衡，太苦了，咱们还是回昆明读书去吧!"

"那怎么行，既然决心出来抗日，这点苦就要回去?抗日不成功，无颜见滇中父老啊!"黄幼衡语调激烈地说。

那位同学又说："你到底回去不回去?"

"我不回去，你也别回去，等毕业后咱们一起到前线带兵打仗，赶走日本侵略军。"

"我回去的决心定了，你不回去，我就一个人走。"

黄幼衡看到同学的决心已定，就赌气似的说："好吧，你走你的，我要留在这里。"

那位同学走了，黄幼衡留下来了。他每天参加制式教练和单兵战术教练，不是在操场，就是在野外，日晒雨淋，爬冰卧雪，真是疲惫不堪，但他坚持下来了。选择了的路，就毫不动摇地走下去。

想到这里，黄幼衡感叹地说："他们本来就是被迫走上这条路的。即使是自觉的选择，也不是人人都能走到底的。如果怕苦不坚持，也会半途而废！"

"是啊！"颜竞愚也被感染了。

"营长，时候不早了，进屋休息吧。"罗少先在一旁说。

"休息吧。"颜竞愚也劝说。

黄幼衡说："好，休息！"

罗少先把黄幼衡和颜竞愚领进了早已安排好的住房。

这也是一个土坯草顶的房间，打扫得干干净净。洁白的蚊帐已经挂好，在油灯光下，白亮白亮的，大红缎子被，闪闪发光。黄幼衡和颜竞愚走进房内，四处打量了一会儿，就躺在了床上。虽然很疲惫困乏，但怎么也睡不着。

黄幼衡伸了伸腰和四肢："这床真舒服啊！"

颜竞愚用手撩撩松散的头发说："幼衡，我们结婚三天了，可我觉得，我们的蜜月才刚刚开始呢！"

"是吗？"黄幼衡看看妻子兴奋的脸庞，细嫩的肩膀，一下把她搂在怀里，抚摸着说："竞愚，这几天让你担惊受怕，我也没时间照顾你，不怪我吧？"

"不怪你！现在不怪你，将来永远不怪你！"

颜竞愚双手搂着丈夫的脖子，带有几分撒娇地说："不说那些了，从现在开始，算咱们度蜜月。蜜月啊，蜜月！"

黄幼衡说："好！咱们的蜜月，不过，还得在行军中过。"

"行军就行军，反正可以放心了！"颜竞愚说着在丈夫脸上猛地亲了一下。

夜色漆黑，村庄寂静。墙根处，蛐蛐的叫声，柔美而甜润。

黄幼衡和颜尧恩（1982 年摄于昆明）

蜜月，仍在行军的路上

八月的清晨，天亮得很早。刚过四点多钟，曙色已透进窗子和门缝。不知名小鸟的叽喳的叫声，婉转地送进室内。

又一天开始了。

昨夜虽然睡得很晚，黄幼衡还是天一亮就醒了。这是多年行军打仗的生活养成的习惯，更主要是心里有事。深夜里从三分区回来后，罗少先讲的三连长等人逃跑的事，像一块石头压在黄幼衡的心头。今天早饭后他还要向全营战士宣布起义。所以他睁开眼睛后就轻手轻脚地下了床，惟恐惊动妻子。多日来她太累了，让她再稍微多睡一会儿吧。

尽管黄幼衡的动作很轻，颜竞愚还是听到了。她下意识地猛然坐起来，揉揉眼睛，好像清醒了什么似的，伸展一下双臂长长吐出一口气，说："这一觉醒得真好！"

黄幼衡边洗脸边说："你可以再睡一会儿，我先出去看看。"

"睡醒了。"颜竞愚边说边下了床。可能是这几天确实太紧张了，可能是这几个小时确实睡得太舒服，她感到身体轻松，精神爽快，心情也特别好。她边洗脸梳头，边轻声哼唱着：

> 解放区的天是晴朗的天，
> 解放区的人民好喜欢，
> 解放区的太阳永远不会落，
> 解放区的歌声永远唱不完……

黄幼衡高兴地说："你怎么学得这么快？"

颜竞愚笑着说："不知道吧，我在学校时就会了！"

鸡黍集是一个比较大的村镇，可是十分寂静，并不像住进了部队的样子，没有士兵们嘈杂的喧嚷声、呼叫声。黄幼衡走在村内，看到很少有走动的士兵，大多数的人都在住的屋子里没出来。他进到几个部队住的房中，连长排长们立正向他敬礼报告，士兵们则站立着，投来不同含义的目光。黄幼衡只简单交待要注意遵守群众纪律，没有多说什么，也不好多说什么。

早饭很丰盛，白面馒头，稀饭糊糊，还有新炒的蔬菜和肉菜。黄幼衡看到又热又香的饭菜，心想，这一定是当地政府为招待他们精心准备的，老百姓和解放军官兵以及地方和军队的领导们，吃的都是小米、高粱面、黄豆等。黄幼衡的心里一动，艰苦的生活对他带领起义的官兵，将是一个很严峻的考验。

早饭后，值星连长把官兵们带到村东头的广场上，排成整齐队形，向黄幼衡报告，然后让其坐到地上。此时，几百双眼睛一齐投向他们的营长。

黄幼衡在全营的目光中走到大家面前。他以威严深沉的目光看了人们一会儿，才铿锵有力地说："昨天，我已向连、排长们宣布，我们营已经脱离国民党的军队，投向共产党的军队！今天，我再向全体宣布：我们营已脱离国民党的军队，投向共产党的军队！"

说到这里，黄幼衡停了下来，一双敏锐的眼睛长时间反复地巡视着那几百张面孔。这是他熟悉的面孔，有的非常熟悉，曾经一起经历过枪林弹雨，可谓出生入死。他看到，这些人的脸上并没有出现惊奇的表情。也就是说，连长排长们已经把起义的事悄悄地传给了所有的人。这是他想要的效果，先向连排长们宣布，以便像细雨一样，无声地浸入到士兵们的心里。

"我们大多数人，是为了救国家、救民族而投身抗日战争的青年。"黄幼衡继续说，"可是，日本侵略者被打败了，蒋介石又驱使我们进攻解放区，打解放军，屠杀人民，抢民财、逼税赋、抓壮丁，奴役压迫老百姓。现在，贪官污吏遍地都是，那些乡长、保长也凶似虎狼，人民处于饥饿贫困、水深火热之中。我们替蒋介石打内战有什么好处？打伤了、打残了回家，一辈子无人管。打死了，尸体也无人埋，随处喂野狗，那些大官僚、大资本家只顾争权夺利、升官发财，哪管官兵及人民死活。所以，我们要跳出黑暗的统治，投到共产党这边来，和全国人民站在一起，掉转枪口，打倒蒋介石，推翻旧社会，建立新中国，为子孙后代谋幸福！"

黄幼衡停顿一下，提高声音说："我知道，我们营一直在南方和日军打仗，到北方来不久，没有直接和解放军打过大仗，没有吃过整编七十四师和区寿年兵团那样的亏，又被国民党的愚兵政策欺骗、蒙蔽得很深。所以有些人对我们这次起义不理解，可能有的现在怨我、骂我。但是，你们以后会慢慢知道我们走的这条起义的道路是正确的，是一条救国家、救民族的光明大道，对国家、对自己、对后代都是有好处的！"

颜竞愚没在队列里，她站在在旁边，丈夫的每句话她都听得清清楚楚。她还是第一次看到丈夫在全营面前讲这么多话呢。

黄幼衡的话一结束，就命令部队继续行军。行进途中，从偏西南方向传来炮声和机枪声，先是隐隐的，后来越来越清晰。凭经验判断，黄幼衡估计是前来追击他们的整编八十三师的部队，遭到掩护他的解放军部队的阻击，双方发生了激烈战斗。这是他原先预料到的，所以脸上很平静。再看到行军的队列，并没有特殊的反应。

又是一天的行军。因为没有战斗任务，而且考虑到刚刚进入解放区，思想还不稳定，各方面不习惯，全营官兵都是上午晚出发，傍晚早宿营，每天只走三五十里地。

今天从阳楼出发时，太阳已经升得很高了。火辣辣的日头照晒着，行进路上的两边，是密密的高粱、玉米地，透不进风来，因此十分闷热。再加上部队是全副装备，没走多长时间，就浑身汗水淋淋，湿透了衣服，显得疲惫不堪。黄幼衡、张杰等人看在眼里，急在心里，也没有什么办法。

部队经过的村镇，墙上、树上贴满"欢迎特务营起义"、"欢迎特务营站到人民一边来"的红绿标语，人民群众夹道欢迎，有的送开水，有的送西瓜，有的还送香烟，士兵们不要就硬往怀里、手里塞。看得出来，士兵们是很受感动的。以往，他们到根据地"清剿"时，所到之处，十室九空，很难见到老百姓，偶尔见到的人怒目而视，什么也不讲，一问三不知，更不要说送水送瓜了。黄幼衡虽然知道这是当地政府专门组织的，但还是感到很欣慰。

正走着，丁乙科长来到黄幼衡跟前说："黄营长，前面要经过羊山集，住在那里的解放军将列队欢迎你们。"

黄幼衡当然理解丁乙的意思，要通信员立即把这一消息传达下去。

士兵们自然明白他们营长的心情。进到根据地以来，一路上虽然也有掩护他们的解放军，但都在远远的地方，根本看不到，现在就要近距离甚至面对面了，尽管不是刀枪相对，而是成了同一条战线的人，也不能示弱呀！所以，一听说前面有解放军欢迎，他们的精神马上振作起来，步伐顿时整齐多了。好像有意要显示一下他们的威武阵容似的。

羊山集是山东西南部一个大集镇，军事位置很重要。一年之前，此地为国民党军队占领，解放军发起进攻，夺取了这里，并俘虏了国民党整编六十六师师长宋瑞珂等国民党军队的高级将领。现在驻扎着解放军的一部，他们听说有一支国民党军起义的部队经过这里，并要他们列队欢迎，都非常高兴，上千人早早地站在街道的两边。

特务营走过来了，在值星连长的指挥下，脚步已经变得比较整齐，踏出有力的声音。他们虽然没戴帽徽和领章，但那清一色的军装，依然透出平日的训练有素。特别是那些武器装备，主要是美国制造的，也有少量加拿大和日本制造的，有轻重机枪，有60迫击炮，有冲锋枪、步枪、掷弹筒、榴弹筒，还有那么多的手枪和炮弹、手榴弹，在太阳的照射下，闪射出诱人的幽光，让这些解放军的官兵，像孩子见到喜欢的玩具一样眼馋。

街道两边的解放军官兵，使劲地鼓掌，高呼口号："欢迎特务营回到人民中来！"、"欢迎特务营和我们一起并肩战斗！"、"打倒蒋介石，解放全中国！"、"中国共产党万岁！"、"毛主席万岁！"

掌声和口号声响在一起，连成一片，汇成一道热情的洪流，特务营的官兵们受到了感染，也有人喊"感谢解放军"、"感谢解放区人民"的口号，但响应者很少，显得寥寥落落，不那么整齐。

太阳偏西的时候，特务营在独山集住下了。吃过晚饭，天还未黑，刘鸿飞股长对黄幼衡说："根据三连二排战士邢军祥报告，排长陈秉衡喝了很多酒，说他今晚要把全排拉回丰县去。"

118

黄幼衡心里咯噔一下。他认为邢军祥不会污陷他的排长。可转念又一想，陈秉衡不是军校的学生，在国民党军队中也没有背景，为什么要纠集全排集体逃跑呢？必须得弄清楚。于是他马上让通信班派两个战士把陈秉衡叫到了营部。

黄幼衡让陈秉衡坐下，开门见山地问："听说你要带全排回丰县去，是真的吗？"

"我……没有的事。"陈秉衡矢口否认。

"真的没有？"黄幼衡又追问了一句。

陈秉衡的语气有些嗫嚅："就是没有嘛。"

"你要如实地告诉我！"黄幼衡加重了语气说，"你跟我很多年了，从二等兵升到排长，你是被抓壮丁抓出来的穷人，为什么还要跑回去帮蒋介石杀自己的同胞兄弟呢？"

陈秉衡低下头，不再说什么了。

黄幼衡心里有了数，接着说："你想过没有，你排里的士兵能全部跟你走吗？何况后面有解放军掩护，你也走不出去！再说，就算你能走出去，你在蒋军中一无学历，二无背景，能有什么出路呢？"

一直低着头的陈秉衡抬起头，眼中流出了泪水，说："营长，我在丰县城偷着赌钱，赢了一些钱，准备寄回家，出发时藏在床铺下面。我原以为会回去，没有把钱带出来。我光想着钱，认为你欺骗了我们，不事先告诉我们就跑到共产党这边来。营长，我错了，错怪你了！"

其实，陈秉衡还有一件事没说。后来整训时他自己坦白，起义的第二天，即 8 月 17 日，当部队走上金乡县通往丰县的公路时，他带着他们排的一个班假装掉队，准备落在全营后面，占领一个有利的制高点，架起机枪扫射，打死黄幼衡、张杰、安景修等人，即朝丰县方向逃跑。但当他们走上一个高地时，看到有很多解放军跟在后面，就没敢动手，又赶紧追上部队继续前进。

黄幼衡自然不知道这件事，仍在开导陈秉衡："你随我出来几天了，师里都知道你是我提拔起来的人，你回去的话他们会放过你吗？现在，师里肯定在抓与我有关系的人。你为了一些钱回去送命，太不合算了！"

陈秉衡擦着眼泪说："我知道我错了。营长，我今后一定跟着你走，再不想回去的事了。"

陈秉衡走后，黄幼衡又叫来二排的三个班长，对他们说："你们都是受苦的人，回去给蒋介石卖命不值得。这几天你们都已看到，解放区的军队和人民是怎样欢迎我们的，不要再想回去了。跟着我投奔共产党，是不会错的。"

三个班长听了黄幼衡的话，都表示一定跟着营长走。

随后，黄幼衡找到丁乙科长、刘鸿飞股长，通报了他和陈秉衡及三个班长谈话的情况，共同研究怎样稳定部队。黄幼衡特别向丁乙、刘鸿飞两人说："请你们通知掩护我们的解放军，要加强警戒，严防发生意外。"

丁乙、刘鸿飞都说黄幼衡考虑得周到，表示马上就去做。

夜深了，黄幼衡才回到住的房子，妻子颜竞愚正等着他。

几天来，一直行军，冒着烈日行军。

黄幼衡的心里总是焦虑不安。连长、排长和班长们都持观望的态度，基本不管事，全营情绪低落。因为不断有士兵逃跑，多余的枪弹无法携带，又不能丢弃，只得请地方政府派大车装载，跟在部队的后面走。有的官兵甚至把自己的背包也放到大车上，赶车的老乡也不好说什么。这样一来，每天走的路不多，人还格外疲惫。

白天行军时，黄幼衡的神经都绷得紧紧的，唯恐发生意外。宿营下来，不管多累，他一定要到各班、各排去看看，交待一些注意事项。然后和王子云、张杰、安景修一起分析出现的问题，研究解决的办法，回到住处时总是身心交瘁。新婚妻子颜竞愚，不管时间多晚，都等候着他。

8月20日，也就是离开丰县城第四天的晚上，部队在一个叫丁长里的地方住下来，准备第二天休整一天。黄幼衡安排就绪后回到住处，一进屋，颜竞愚就端来早已准备好的开水和洗脸、洗脚的热水，说："快喝点水，洗洗脸烫烫脚，好好歇一歇。"

黄幼衡说："你白天跟着行军，已经够累的了，这些事让通信员干吧。"

"我多亏身体好，要是那些娇惯的太太们，还真够受的呢。"颜竞愚说。

"真是对不起你！"黄幼衡歉疚地说，"和我选在这样的时候结婚，不仅担惊受怕，我又不能陪你，还得让你跟着跑，难为你了！"

"这是我自己愿意的，你就不用管我，带好部队最重要。"颜竞愚爽快地说，接着话头一转，"你们以往行军打仗也是这样的吗？"

黄幼衡稍稍沉思一会，说："尽管内战以来士气不高，可不是这样的。现在是特殊情况。起义的事，原来只有少数几个人知道，许多人都是没想到的，因此很突然，到如今心里还没有底。你也看到了，他们一个个都在观望等待，谁也不愿管事！"

颜竞愚说："丁科长、刘股长应该帮助你呀！"

黄幼衡说："他们只是来协调的，协调和上面、地方以及其他部队的关系，以免发生误会。再说，部队没有正式改编，他们没有职务，不便参与具体的事务，部队的管理还得靠我们自己。"

"那要等到什么时候？老这样下去可不行呀，得想个办法啊！"颜竞愚说。

"快了，你也再坚持一下吧。"黄幼衡说。

颜竞愚果断地说："没问题。"

黄幼衡说："明天要在这里休整一天，我争取抽时间陪陪我的新娘子。"

"算了！"颜竞愚笑着说，"你还是管好你的部队吧。"

黄幼衡没有再说什么，拿过毛巾擦干了双脚。

第二天，特务营住在丁长里休整。

快到中午的时候，丁乙科长找到黄幼衡，说："冀鲁豫军区首长请你们到前方指挥所去见面，你想想有什么要求要对首长们说，预先准备一下。"

黄幼衡说："太好了，我和他们商量商量。"

有什么要求要向军区领导说呢？眼下，最急切的是稳定军心，巩固部队，最实际的，又是让军官负起管好部队的责任。

这样想着，黄幼衡把王子云、张杰、安景修找到一起。他本来想让颜竞愚也参加的，想想便作罢了。她毕竟是自己的妻子，起义时是为了以结婚作掩护，所以许多事都让她参与。现在不同了，部队本身的事都把她叫上，既不方便，又容易引起一些人的不满意。因此最后没让颜竞愚参加。

黄幼衡焦虑的问题，王子云、张杰、安景修三人都看到了，想到了，所以当黄幼衡谈到要向军区首长汇报起义情况和眼前部队的实际，特别要向军区领导请求暂时改变部队编制、调整一些干部，以便干部负起责任，使部队尽快稳定下来时，王子云、张杰、安景修都表示赞同，并提了一些具体的办法。

交待安景修和杨平山两人照管好部队，黄幼衡、王子云、张杰三人便跟着丁乙、刘鸿飞骑马跑二十多里地，赶到冀鲁豫军区前方指挥部的住地，见到了军区的主要领导：司令员赵健民、政委徐远北，还有联络部长王乐亭等人。他们已站在门口等着，分别和三人一一握手，都说："欢迎黄营长和特务营的同志们！几天来你们辛苦了！"

坐下之后，黄幼衡首先汇报，他说："关于特务营起义的情况，首长们可能已经知道了一些，我就不详细报告了。"接着，他简要地讲了自己怎样弃学从戎、投身抗战，怎样不满蒋介石打内战，怎样在南京决定投奔解放区，怎样派人前往解放区联系，怎样以结婚为掩护脱离国民党军队的情景。在谈到当前部队情况时，黄幼衡说："因为起义前只有少数几个人知道，宣布起义后许多人没有思想准备，甚至想不通，所以逃走了准尉以上军官4人：中尉军需沈万荣、中尉代连长裴玉玺、准尉司药谭毅仁、准尉特务长周起美，还有士兵近百人，这些士兵多是新从苏北、山东抓来的壮丁。"

最后，黄幼衡加重语气说："为了解决这个问题，我和王副营长几个人商量，请求将每个步兵连改编成两个连，明确干部责任心，加强管理，以便掌握部队。另外，请军区能暂给个番号，并尽快派人到特务营工作，请首长考虑决定。"

听完黄幼衡的汇报，政委徐远北先说："你们这次起义，对多数人来得突然，思想变化太快，干部、战士有情绪，是很自然的。军区考虑，为了你们安全，希望你们到黄河以北，那里是老解放区，离蒋管区较远，可以安心休整。至于部队正式编制派人的事，到那里以后再定。请你们放心，以前提的条件，完全可以办到。"

司令员赵健民说："现在可以先搞个临时番号，我想可以暂称独立支队，归冀鲁豫军区直接领导，下属两个大队，你们回去就把计划编制的名册报

赵健民

军区一份，待审核后再正式任命。你看行吗？"

赵司令员讲话一结束，黄幼衡就说："我完全同意首长的意见，按首长指示，我们抓紧渡过黄河，到老根据地去整训。"

赵司令看看表，说："如果没有别的事，咱们就一起吃个便饭，也算我们为你们接风洗尘。"

饭后，黄幼衡、王子云、张杰回到丁长里就召集排以上干部传达了军区首长的指示，即将特务营暂时改为独立支队，辖两个大队，并研究指定连、排、班长，随后制出编制名册，呈送到冀鲁豫军区。

因为改变了部队的名称，由国民党整编八十三师特务营变为解放军冀鲁豫军区独立支队，新指定的连、排、班长们负起了责任，部队的思想情绪比此前稳定了许多。

部队仍然向北行进，经郓城县城、黑虎庙、宁阳阁、蔡家楼等地，在孙口渡过黄河，又经白家岭、寿张县城、旧庄，于8月25日到达阳谷县城东的李庄。丁乙科长对黄幼衡说："这里是老根据地，群众基础好，按军区首长指示，部队先住在这里休整。"

黄幼衡长长出了一口气，从8月16日起义，他们一直在行军，到此时正好是10天，行程410里地，终于可以住下来了。

李庄是个四百多户人家的大村子，群众特别热情，早早等在村头，敲锣打鼓，高呼欢迎的口号，扭着秧歌把特务营迎进村子。街道清洁整齐，两旁贴满红红绿绿的标语，安排给部队的住房，打扫得干干净净，各家都把好房、正房和向阳的房子腾给部队住，自家住偏房下屋。冀鲁豫军区和冀鲁豫行署分别派联络部长王乐亭、科长李玉慈前来欢迎，设宴聚餐慰问，观看歌剧《白毛女》的演出，起义的官兵们感到很亲切、很温暖。

这天晚上，有一个人来到黄幼衡面前，黄幼衡一看是李祥，又惊又喜地握住他的手，说："怎么是你呀？"

李祥也紧紧握住黄幼衡的手，说："我早听说你们过来了，我祝贺你们起义顺利成功！"

"我们就是照你说的办法，先派人到解放区联系的。"黄幼衡说。

正说着，张杰来了，黄幼衡说："就是他先来联系的。"

张杰握住李祥的手，说："终于来到了这边！"

分别十多天后的重逢，格外亲切，几个人在油灯下交谈起来。李祥说了他被俘受审的情况，说："开始我并不相信黄营长的话，还以为你在诱骗我呢。后来，看到你好像真有起义的意思，但也没敢全信，所以让你自己派人联系。"

黄幼衡说："我当时也是急于找人，只知道你是个指导员，现在可以告诉我你的真实身份了吧？"

"我是冀鲁豫行署社会部的科长。"李祥说，"在丰县，我想了好久，觉得还是不能说。"

"那时我就觉得你不像指导员，原来比指导员的官大多了呀！"张杰说，并简单介绍了他到解放区联系的经过。

黄幼衡讲了起义和十多天来的情况，说："从军队到地方政府和人民群众，对我们太热情了！"

李祥说："你们的路走对了，国民党的失败是注定了的。"

张杰说："我们已暂时称为独立支队，属冀鲁豫军区领导，将要进行政治、军事整训，加强思想工作，你能来独立支队工作吗？"

"我个人是非常愿意来的。"李祥似有歉意地说，"很遗憾，行署已经决定，调我去石家庄党校学习，就不能来和你们一起工作了。我听说，军区已经决定派政治工作人员前来，很快就会到的。"

分别时，李祥拿出五本书，递给黄幼衡说："没有别的东西好送，这是几本政治书，对你学习也许有用。"

"谢谢！"黄幼衡紧紧握住李祥的手说。

三十八年后的重逢。从右至左：张杰、黄幼衡、颜竞愚、安景修

这边热情欢迎时，那边正严厉清查

对于特务营这样一支没有共产党暗中策动，不是兵临城下，主要领导人并未失意，却主动到解放区联系起义的部队，解放区的军政领导和部队官兵、人民群众是热烈欢迎的。冀鲁豫军区及所属三分区主要领导，分别亲切地接见了起义的组织领导者，听取汇报，询问困难与要求，安排生活和学习。特务营的到来，确实引起了广泛的反响。

然而，丰县城的整编八十三师，却是另一番完全相反的景象。8月16日下午，正当特务营在曹马集宣布起义后向鸡黍集行进之际。八十三师司令部得知特务营战备行军演习还没回营，开始以为是走得太远，所以回来得迟。又过一些时候，还是没回来，便打电话询问。

电话首先打到守卫西城门的工兵营，回答说："特务营天不亮就出去了。"

　　再问西门外守备的一八七团，报告也是："特务营天不亮就出去了。"

　　最后，电话打到距丰县城二十五里的赵庄丰县保安团，得到的回答是："特务营说到共区打游击去了，清早就过赵家桥进入共区，一直没有听到枪声。"

　　司令部觉得情况不妙，急忙报告师长周志道。

　　周志道先是有些惊愕，他不相信黄幼衡会投共。原先的师长李天霞对黄幼衡很好，自己接任师长后对这个营长也不错呀，两天前为他主持了婚礼，请他夫妇俩吃饭、看戏，还决定要提升他。可特务营到现在还没回来，从时间和距离上来说不定真的投共了。他意识到大势不好，又慌又气又急，在电话上大喝斥："守备部队为什么早不报告？立即命令一八七团全团去看看！"

　　一八七团全团出动，赶到赵庄时天已黑了。团长知道解放军是夜老虎，害怕夜间打起来吃亏，就让部队住下来，第二天天亮后才慢慢向赵家桥前进，刚到桥边就受到解放区武工队和民兵的射击。团长便集中全团炮火，掩护先头营冲过赵家桥。走了没多远，先头营程营长看到遍地都是一人多高的苞谷、高粱，并不时受到阻击，不敢再往前走，乱放一阵枪就撤回了。

　　周志道接到报告后，大骂一通，给了程营长记大过处分，又命令六十三旅8月18日出动两个团，继续追击特务营，严令道："抓不到活的黄幼衡，也要把他打死！"

　　这两个团奉命向丰县西北方向追击，走了二十多里地就遭到当地民兵的干扰，苞谷地、高粱地里到处打枪，使这两个团的行动非常迟缓。正在犹疑不决、进退两难时，又遭到掩护特务营起义的人民解放军冀鲁豫军区三旅部队的袭击。这就是特务营起义头两天行军路上听到的枪炮声。双方对峙了一天，两个团毫无进展，并且随时有被围歼的可能。

　　听了司令部的报告，周志道毫无办法。因为未经上司同

意，他不敢调动更多部队进攻解放区，怕再损失一些部队，更不好向上面交待，只得极不情愿地下令将追击部队全部撤回。

周志道心里非常窝囊。这个黄埔四期生，北伐战争开始，经历过许多战役战斗，从参谋到军长，从士兵到将军，带的部队越来越多，特别是抗日战争中，他参加过松沪抗战、南京保卫战、台儿庄大战、以及长江以南几乎所有对日会战，部队伤亡惨重，不时有官兵逃跑，但像这样一次跑掉一个营，又是长官身边的特务营，还没过。周志道既感到脸上无光，又担心再有部队效法特务营，就下令在全师范围内严厉清查，要求所有部队，凡是平时与黄幼衡有来往的人，都要彻底审查。同时让全师所有官兵都相互具保，一人出事，具保者要受株连。这样一来，整个整编八十三师惊恐万状，上下级、友邻单位之间，互相猜疑，互不信任，本来就不稳的军心，更是一片大乱。

通信营长邵奇萍平时与黄幼衡交往最密切，是人们都知道的，所以他就成了清查的首当其冲者。邵奇萍自知逃不过，也做好了思想准备。深夜在黄幼衡新婚洞房里痛哭告别之后，他就想好了既不出卖黄幼衡，还要保全自己的办法。他销毁了犯忌讳的书籍，16 日下午办了一桌酒席，大肆张扬请黄幼衡新婚夫妇吃饭，并请了工兵营长、炮兵营长和参谋处几个科长作陪。下午，陪的人到齐了，他故意一次次叫电话总机班接特务营营部，催黄幼衡夫妇前来赴宴，每次特务营无人接电话，邵奇萍就当着众人面故意大骂黄幼衡不守信用，不按时前来赴宴。尽管邵奇萍伪装得有模有样，也未逃过对他的追查。特务营起义的第二天，即 8 月 17 日，周志道就下令逮捕了邵奇萍。

军法处的人问不出结果，周志道就亲自审问。邵奇萍始终坚守一道底线，绝不后退："对黄幼衡的叛变，我事前毫无察觉。"

周志道再三逼问："你平时与黄幼衡的关系那么好，他就一点没向你透露过？"

邵奇萍平时就是个能言善辩的人，他见周志道并没有抓住什么把柄，就反攻为守地说："黄幼衡 1940 年在五十一师就跟师长在一起，师长对他比我更熟悉，你都没有发觉他有什么异样。我是 1944 年等他到一百军后才和他认识的，他怎么会把要叛变的事对我说呢？若是我事先知道不告发他，就会跟他一起走了，怎会还会接家眷来呢？我 16 日下午还备好了宴席请他们呢，那可是很多人都知道都看到的。"

周志道驳不倒邵奇萍，可是又不能打消怀疑，就把这位中校通信营长撤职，关押起来等待处理。后来整编八十三师归黄伯韬兵团建制，又改番号为一百军，淮海战役第一阶段前夕，部队调动频繁，邵奇萍乘混乱在看管松懈时逃走了，回老家江西南昌郊区务农，以养鸡为业，直到去世。

上校炮兵营长赵炳兴，是陆军大学毕业生。他平时同黄幼衡交往虽然没有邵奇萍那样深，可是赵的妻子金伟是颜竞愚的同学，他们的结合，也是黄、颜两人介绍的。特务营走后，各种说法纷起。有人说："黄幼衡是被共产党的美人计拉跑的，颜竞愚是共产党，隐蔽很多年未发觉。"也有人说："颜竞愚是共产党，金伟也非常值得怀疑。"还有人说："周志道师长总用亲戚同乡，排斥李天霞的人，所以黄幼衡才跑到共产党那边去了。"另外有人说："黄幼衡是大学生，又是军校和情报参谋班毕业的，有远见，有胆量，平时不赌不嫖，为人正直，带兵练兵都有一套，他手下的几个军官也和他一样生活作风正派，他们走的道路不会错的。"此时，赵炳兴已经调任六十三旅当参谋长，成为中高级军官了，也被周志道撤职不用。

六十三旅一八七团四连连长戴金城，1941 年同张杰一起来到黄幼衡任连长的骑兵连，是黄幼衡一手把他从班长、排长提升到连长的。戴是四川安岳人，识字不多，但作战勇敢，与黄幼衡、张杰、安景修感情都比较深。张杰在丰县时曾两次动员他和特务营一起走，他因结婚不久，妻子又怀孕，不愿随行。

8月16日刘光禹得到通知从徐州赶来，特务营已经出发了，他就到戴金城的连约他一起去追黄幼衡。此时整编八十三师正在风传清查与黄幼衡有关系的人，戴金城感到自己必定会被查处，就抛下爱人和刘光禹一起追赶特务营。17日早晨，他们两人走到黄村问路时，被一八七团武装便衣侦察抓回，戴金城被周志道下令枪毙在丰县西门外。

刘光禹是贵州天柱县人，1943年弃学从军到黄幼衡任连长的学兵连当学兵，后自愿随黄幼衡去前方抗日，已经提升为少尉排长。16日和戴金城逃离丰县，刘光禹曾向戴金城建议穿便衣化装走路，戴金城回答说："怕啥子，抓到，大不了被枪毙。"两人被便衣侦察捉回，刘光禹得到参谋处胡科长担保，免判死刑，与戴金城一同拉到法场陪杀后判刑六年。全国解放后，回到家乡贵州天柱县，一直务农。

欧阳开银也是贵州天柱县人。1943年弃学投军时就是黄幼衡任学兵连长时的学兵，1944年随黄来到一百军，此时，欧阳开银已调到六十三旅一八九团团部任少尉代中尉庶务副官。清查时，他被关押20多天，受到严刑拷问。欧阳开银始终说自己是新兵，在特务营只当过兵，与黄幼衡不熟，因为问不出结果，由他原来的连长具保出狱。后来串连了十几个士兵，趁整编八十三师向鲁南调动时，集体携械逃往解放区，想去找特务营。走了一天半，中午遇到解放军华东第十纵队。部队问明情况后说："八十三师特务营起义后已过黄河以北去了，你们不用去找了，就在我们这里干也是一样。"欧阳开银等就加入了华东十纵队。参加过淮海战役、渡江战役，然后又参加解放上海，立了大小功四次，后调二野南京军政大学，1949年8月调三兵团后勤司令部供给科任审计会计，随部进军大西南，参加了解放四川等战役，立了一等功，1952 年转业回贵州天柱农村。

到后来，凡与特务营有过关系的人，都在审查之列。特务营二连，被前师长李天霞借调到泰州任警卫。特务营起义以后，周志道把二连要回，连长唐学松是原副军长唐冠英的侄儿。经唐冠英说情具保，被调下团工作，其余三个排长，两个是军校毕业生（丁振群、吴太振），只有一个是行伍出身（彭新德）。因为他们都是特务营的，全部被撤职。连原来在特务营工作的一连连长郑有太、二连连长陈庆利（都是军校十七期毕业生），已经下团当了营长和副营长，也被撤职。

至此，周志道还不放心。因为黄幼衡和王子云都是云南人，所以连云南人也不放过。四十四旅姓邱的副团长、副营长李坤、连长李萍、排长黄永品四人，根本与特务营无关，黄幼衡也不认识他们，就因为他们是云南人，过去和副营长王子云有过来往，就不问青红皂白把他们拉到西门外枪毙了。临刑前，李萍感到冤枉，高喊"蒋介石万岁"。

周志道在清查中杀、关、撤了一些军官，全师上下惶恐不安，军心混乱。后来，整编八十三师改为一百军，在淮海战役第一阶段被解放军在碾庄地区彻底歼灭。周志道本人负伤，化装成士兵逃脱，副军长杨荫、参谋长崔广森被解放军活捉。

更有意味的是，对黄幼衡也很熟悉的、时任国民党第二绥靖区司令长官的王耀武，听到黄幼衡带领特务营起义后，气得把收音机摔到地上，大骂黄幼衡忘恩负义，背叛党国，并集合在济南的营以上军官训话，说："我平常对黄幼衡很器重，从参谋、连长，提到特务营长，想不到他这样不忠不义，背叛党国！各部队要加强对各级军官的审查监督。"没过多长时间，人民解放军华东野战军解放了济南，这个骂黄幼衡的司令官，化装出逃，被解放区地方武装查出捉住，还发表了宣言，登在解放区各报纸上。

另外，颜竞愚的父母，见女儿去丰县许久未来信，就写信到整编八十三师查询。收到的回信说：黄幼衡因叛变投敌，已被正法，颜竞愚畏罪自杀……

黄幼衡带领起义的虽然只是一个营，全营也只有四百多人，可整编八十三师是蒋介石的嫡系部队，特务营是嫡系中最受信任的警卫部队，因此在国民党军内部引起了很大的惶恐不安。

新婚已过，爱情在时间里延长

　　颜竞愚一直沉浸在新婚的喜悦之中。在复杂危险的环境里，随时可能出现意想不到的危险，她没有后悔自己的选择。在紧张揪心的行军路上，她虽然疲累担忧，却觉得新鲜有趣。自从来到李庄住下之后，她的新婚感觉更强烈了。每天晚上和丈夫在一起，每天早晨收拾房间，这和没结婚之前是多大的不同啊！

　　今天更是如此。

　　早晨起来之后，她收拾好床铺，吃过饭就开始政治学习。几天前，冀鲁豫军区派刘公亮来独立支队主持党政工作，随他来的还有申魁、武和轩、李犁、李傅增等，陆续又派来刘勋、张绍英、张树德等，先后已有三十多人。丁乙科长回军区了，刘鸿飞股长过黄河时就回三分区了。新来的人虽然没有正式公布明确的领导职务，但都在协助黄幼衡、刘公亮组织支队进行人民解放军的性质、三大纪律和八项注意等教育。颜竞愚虽然是前来解放区的进步知识青年，但她毕竟是营长黄幼衡的妻子，是随特务营过来的，也算是起义的一员，而且以后要在独立支队工作，所以也参加了各种政治学习。不过她没编进具体的班排，主要是她自己学，或者和营部的人一起学。

三天前，黄幼衡和刘公亮应召前往军区开会，具体是什么内容，颜竞愚不知道，但她盼着丈夫今天能够回来，因为今天是他们结婚整整一个月的日子。

颜竞愚一个人在读政治教育的材料。对人民解放军的性质、三大纪律八项注意等，她读一遍就记住了。因为在学校时参加过反对国民党当局的学生运动，对共产党和解放军有一些了解，所以对学习材料中讲的道理，她非常容易理解，也完全能够接受。

也许正因为学习不困难，颜竞愚心里总是想着他和丈夫新婚的事。她带着自己为自己置办的结婚用品，风尘仆仆地从上海赶到丰县城；丰县城里，那另有内容又格外隆重的婚礼；那新婚之夜紧张的筹划；那位少将师长热情的家宴；那一夜未眠、黎明之前奔向解放区的军事演习……真是欢愉又惊险，紧张又奇特啊！

想到这些，颜竞愚自己也觉得挺有意思，还好像挺好笑的。她曾见过许许多多热闹异常、形式多样的婚礼，从少女时期起，她也不止一次想到过自己会有一个什么样的婚礼，可从来没想过是这样的。再过几十年，讲给第二代、第三代听，他们一定觉得这是一个有着神话般色彩的传奇故事。他们是会为老一辈骄傲呢，还是会睁大迷惑不解的眼睛问道："真的是这样吗？为什么要这样做呢？"任凭他们去评说吧，一代人自有一代人的生活。

颜竞愚又不由得想到她的父母。她离开上海时给父母寄去一封信，说她将要到苏北丰县去结婚，婚后和丈夫一起到很远的地方去，请他们不要担心不要回信。作为父母，他们又怎么会不担心呢？

傍晚，黄幼衡和刘公亮从军区回来了，由于路上跑得太快，马身上流着汗，人则气喘嘘嘘。黄幼衡回来就忙着处理部队的事，天黑后才回到住室，见面即问妻子："这两天没出什么事吧？"

"没有。就是正常的学习。"颜竞愚说，"这次军区布置什么新任务了？"

从一起做出决定、筹划准备到起义，黄幼衡已经把颜竞愚当作特务营的一员，自己可靠的心腹和助手，不但什么事都不隐瞒她，有的事还先告诉她，听听她的看法和想法。见妻子问，就说："军区傅家选参谋长和谢良副主任听我们汇报部队现在的情况，问我们有什么要求，我要求尽快配齐干部，早点开始正式整训。他们听了以后才告知，军区决定将我们划归军区随营学校代管，这样能够更好地进行政治学习和军事练兵，建立为人民作战的思想和学习解放军的作战技能。我们上报的编制计划，可能快要批下来了，这样就可以安心学习和训练了。"

"那太好了。"颜竞愚说，"什么时候开始？"

谢　良　　　　　　　　傅家选

黄幼衡说："明天先向排以上干部传达，正式归到随营学校就会开始的。"

颜竞愚点点头，转而问："幼衡，你记得今天是什么日子吗？"

"什么日子？"黄幼衡拍拍脑门，想了一会，朝向妻子，老老实实地说，"是什么日子？我真的一时想不起来。"

颜竞愚说："今天是 9 月 15 日，上个月的今天，可是我们结婚的日子！"

"对呀！时间过得真快，紧紧张张的一个月就过去了。"黄幼衡说。

"要在老家，今天可是回娘家的日子。"颜竞愚说，语气里流出丝丝缕缕的遗憾。

黄幼衡能体会到妻子的心情，不知该怎样安慰妻子，一时没有说话。

颜竞愚看到位丈夫的神情，好像看到了丈夫的心思，马上转变语气，高兴地说："没有关系，我就是说说罢了。娘家就等以后再回吧。"

"对，以后再回，我和你一起回。这次，老岳父一定会对我热情些了。"黄幼衡笑着说。

颜竞愚知道丈夫说的是一年前的事。那是她和黄幼衡在南京定婚后，一起回湖南、云南老家看望双方的父母。在湖南，颜竞愚的母亲非常高兴，可向来疼爱女儿的父亲，看到她领去的是一个国民党的军官，嘴里没说什么，脸上却不冷不热，使黄幼衡很难堪。颜竞愚不得不在背后说父亲就是这么个"怪人"，让黄幼衡不要在意。想到这些，颜竞愚嗔怪地说："你还记着上次回家的事呀？"

"当然记着了。"黄幼衡开玩笑地说，"不过就是不能报复了，他的女儿嫁给我了嘛。"

"那就不要再记着了。"颜竞愚也笑着说，"我去弄点酒菜，咱们今晚纪念一下，再叫上张杰和安景修。"

黄幼衡立即说："不要。现在我们已经是解放军了，解放军不能这样做的。"

颜竞愚虽然理解丈夫的话，心里说还是他想的周到，虽然没有再说什么，可终究意犹未尽。

"后天是中秋节，部队要自己动手包饺子会餐，不是还有自编自演的联欢晚会吗，就权当是纪念我们结婚一个月吧。"黄幼衡说。

颜竞愚知道部队过中秋节的活动，点点头说："西方把结婚的第一个月称为蜜月，把这个月的外出旅行叫做度蜜月。咱们的蜜月就是这样度过来了。"

黄幼衡说："咱们也算度了个蜜月，一个非同寻常的蜜月，一个很特别、很有意义的蜜月。你看，咱们从江苏的丰县，来到山东的阳谷，走了四五百里地，不仅看到了北方农村的风光，还看到了咱们过去都没见过的黄河，多有意思啊！"

黄幼衡说着笑了。

颜竞愚跟着笑了。

中秋节一过，他们就接到了军区的通知，起义的前国民党军整编八十三师特务营，改编为中国人民解放军冀鲁豫军区独立支队，任命黄幼衡营长为支队长，王子云副营长为副支队长。同时任命刘公亮为支队政委兼政治部主任……

1948年9月冀鲁豫军队独立支队成立大会成立大会部分干部合影。左一为张杰，左二为颜亮恩，左三为黄幼衡

冀鲁豫军区独立支队干部名单

单位		职务	姓名
支队部		支队长	黄幼衡
		政治委员	刘公亮
		副支队长	王子云
		副参谋长	张绍英
		组织、保卫股长	刘勋
		宣传股长	李犁
		供给股副股长	刘祁云
		宣传干事	颜竞愚
		参谋	潘俊臣
		医生	崔照忠
		司药	孙贵臣
		看护长	陈再璞
		警卫排长	罗少先
一大队		副大队长	杨平山
		政委	申魁
	一连	连长	谢培占
		排长	王杰
			夏新生
			刘振球
		司务长	许建同
	二连	连长	娄彩芹
		指导员	申魁（兼）
		排长	曾德明
			许盛阁
		司务长	陈以清
二大队		副大队长	张杰
		政委	武和轩

续表

单位		职务	姓名
二大队	四连	连长 指导员 副连长 排长 副排长 司务长	陈秉衡 张树德 朱伯夫 赵玉胜 肖养泉 纪方 石少成 高寿亭 段逸芝
	五连	连长 指导员 副连长 排长 副排长 司务长	安景修 李傅增 罗金荣 丁绍中 谢桂福 王常清 向竿轩 曾财 戴毛
二大队	机枪连	连长 指导员 副连长 排长 司务长	陈笃生 武和轩（兼） 顾建林 张金弟 华青云 林珍顺 薛银登 龚超

单位		职务	姓名
二大队	炮队	队长 排长 司务长	刘国湘 韩振华 朵正俊 张耕声

随后，召开了独立支队正式成立的大会，发出给毛泽东主席、朱德总司令的《致敬电》《告全国人民书》和《建军誓词》。这些都登在当时的《冀鲁豫日报》上，传向四面八方。

特务营带过来军马18匹，重机枪4挺，60迫击炮4门，加拿大轻机枪18挺，冲锋枪39支（无声3支），美式步枪88枝，日式掷弹筒4具，美式枪榴弹筒6具，手枪18支，各种枪炮弹2万多发，手榴弹1千多枚。军区按军委规定发给携带过来的武器装备的奖励费，总数上亿元。黄幼衡说他投奔解放区并不是为了奖励，就请政委刘公亮出面要供给股退回军区后勤，并向首长致谢。

接着，在冀鲁豫随营学校校长赖春风、政委张正光的领导下，独立支队进行了深入的政治、军事整训。

张正光　　　　　　　　　　赖春风

后续故事

　　独立支队在整训中，首先开展了政治时事、诉苦教育等。组织官兵学习人民军队的性质，懂得了人民解放军与国民军队的根本区别；学习三大纪律八项注意；进行诉旧社会的苦、诉国民党反动派的苦的活动，从而提高了干部、战士的阶级觉悟和思想觉悟，增强了对拥政爱民、尊干爱兵、官兵团结的认识，自觉遵纪守法。

　　但有极少人因为长期形成的旧思想、旧作风、旧习气，一时难以改变，还会顽固地表现出来。副支队长王子云，由于在旧军队中吃喝嫖赌、逍遥自在已成习惯，受不了艰苦的生活，吃不惯高粱、玉米窝头、小米、黄豆饭，无钱买烟买酒，又不能胡作非为，所以思想上不满，心里不痛快。一次，他因调戏妇女被揭发、告诫，就串通想家的国民党军校毕业的福建人、一连连长谢培占和害怕艰苦生活的汪伪时期上海大学学生人、参谋潘俊臣，准备拉人逃回国民党军队。被发现后，黄幼衡、刘公亮找他们分别谈话，弄清了事实，上报军区，取消其起义资格，送到教导团学习。

王子云心中怀恨，暗中鼓动人写信，污蔑黄幼衡是"派过来的"，使黄幼衡背上一个说不清查不明又无法定论的政治包袱，几次要求加入共产党未获批准，职务、级别均受到影响，直至后来离开军队。到了"文化大革命"中，又因此受到迫害。党的十一届三中全会后，才恢复历史的本来面目，成为中国共产党党员。让人不能不为之扼腕。

其次，经过政治教育的独立支队，及时开展军事练兵运动。他们针对解放军与国民党军的不同，重点学习解放军以劣势装备对付优势装备的战术技术，诸如近迫作业、进攻队形、用炸药炸碉堡，提高步枪手枪命中率等，大大提高了军事技能。

1949 年 1 月以后，独立支队和其他部队一起南下，横渡长江，追击闽西北，进军大西南，战湖南，打贵州，参与贵州二十三个县的剿匪。在三年多的历次战斗中，起义的官兵们不怕艰苦，不怕牺牲，英勇战斗，连续作战，副营长娄彩芹、连长陈秉衡（即当时要带全排打死黄幼衡等回丰县城的三连二排长）、排长徐胜阁、向竹轩、班长吴必菲、吴红姑、李海清等二十余人，献出了年轻的生命，三十多人荣立战功，为解放战争的胜利贡献了力量。

说　明

我是在一个偶然的机会知道这件事的。

1984 年底，一份记述原国民党整编八十三师特务营起义的材料转到我的手里，并邀请我帮助写成一篇回忆文章，在报纸上发表。就这样，我于 1985 年初赶到成都，见到了那次起义的主要领导人、该营营长黄幼衡和他的夫人颜竞愚同志。

虽然过去了三十多年的时间，当时年轻的新婚夫妻，已经成了鬓发斑白、儿孙满堂的老人。但说起当年的事来，他们仍然非常激动。夫妇两人向我讲述了起义的酝酿、准备和组织的全部经过，还讲了他们两人的家庭出身以及相识、相爱和用结婚掩护起义的情景。

我听着他们动情的回忆，仿佛看到了那个时代知识青年所走道路与悲欢离合的缩影，令人深思和回味。但由于篇幅所限，许多具体的材料没有能写进回忆文章里去，而在我，又觉得十分可惜。于是，便利用晚上的时间，写出了这本《蜜月行动》，目的在于较为详尽地道出那次起义和起义人的心态和命运，即他们的人生之路。

促使我萌生此念头的，还有另一个原因。在交谈中，我知道黄幼衡同志的同事、同学和亲属，还有不少在台湾和美国，时常打听他的情况。其中有些态度不友好的人，仍然说"黄幼衡投奔共产党没有好下场"，甚至他妹妹从国外寄来的包裹里，也被别有用心的人夹进这样的纸条。但黄幼衡同志不这样认为，他说："至今，我仍然认为我走的路是对的。如果见了他们的面，我要告诉他们：我永远不后悔当初的举动！"我则想以此文告诉人们，特别是青年朋友，不论在什么样的条件下，爱国的人应做何种选择。关键时刻的选择，又是最重要的。

当然，几十年来，由于种种原因，黄幼衡和颜竞愚同志脚下的路是坎坷不平的，即使起义后也是如此。开始，党和军队很信任他，准备发展他加入中国共产党，委以重任。可是不久，随他起义的一个人暗中诬告他是"派过来的"，因而他长期受到查不清而又讲不明的误解。先是不能入党，后是不能留在部队，职务、级别都受到了影响。特别是在"十年动乱"中，他又被审查、关押，无端地蒙受了不该有的冤枉和委屈。尽管如此，他毫无怨尤，真可谓"虽九死其犹未悔"。

党的十一届三中全会后，他们得到了平反和昭雪，确认黄幼衡为起义有功人员，颜竞愚是思想进步、奔向解放区的青年学生。并且，黄幼衡同志光荣地加入了中国共产党，实现了多年的夙愿。现在他们夫妇两人都已离休，安享晚年的欢愉。

在本书写作过程中，黄幼衡、颜竞愚、张杰、安景修等同志提供了大量材料，黄幼衡、颜竞愚夫妇还审查了初稿。当年派到这支起义部队去做政治工作、现任总政治部副秘书长的李方诗同志，向我讲述了他所知道的情况。杨得志总长于百忙中为此文写了序。中国青年出版社、中国言实出版社的同志给予了热情的支持。在此，我一并表示深切的谢意。

1985 年 1—3 月第一稿。

1987 年 8—9 月第二稿。

2016 年 3 月第三稿。

再版后记

《蜜月行动》自 1988 年 7 月由中国青年出版社出版后，我收到一些来信，其中就有原国民党军整编八十三师特务营 1948 年 8 月起义的亲历者、知情者。他们除给予好评外，有的以自己了解的材料，对书中某些细节给予了补充和指正；有的提供了起义后行军、整编、整训的新材料，同时指出，既然蜜月是指结婚后的第一个月，而本书只写到结婚后的第三个晚上，似可再增加一些内容。

正因为这些，这次再版时我做了三个方面的事情。一、根据有人提供的材料，订正了某些情节细节。二、运用新的材料，增写了起义后的行军、整训直至黄幼衡先生、颜竞愚女士结婚满一个月内发生的事。由此可以看到他们及特务营在整个蜜月中的"行动"，从而更符合"蜜月行动"的书名。三、将黄幼衡老的回忆文章《难忘的婚礼》及我写的专访《他们的婚礼和蜜月》附于书后，意在为读者更多提供一些有关情况。个别地方会有一点交叉，特此说明。

历史总是在时间河水的不断冲刷下逐渐显露其真实本相的。由于沧海桑田、时进人去，有些历史的细节，可能成为永远的无解之谜。《蜜月行动》写到的事，也会有这种情况。可惜时过近七十年，其亲历者、知情者，绝大多数已经仙逝。若还有人能指出谬误，真是一大幸事，我将万分感激。

趁这次再版的机会，我再次感谢那段历史的创造者黄幼衡、颜竞愚、张杰、安景修等前辈，以及他们提供的材料，特别是黄、颜两位前辈还审读了原来的书稿。曾被派到独立支队任宣传股长、后任原总政治部副秘书长的李方诗（即李犁）同志，向我介绍了不少当时的情况，也审读了原来的书稿。当时冀鲁豫军区三分区应特务营要求派去联系的参谋、后在北海舰队工作的刘云峰老，也向我提供了一些情况，但初版说明中因排版的原因把他的名字漏掉了，我曾当面向他致歉并得到他的谅解，现在再次向他表示歉意和感谢。我还要感谢中国青年出版社编辑胡德勤、韩秀琪、高远同志，中国言实出版社社长王昕朋及编辑冯雪同志，是他们的热情支持、辛勤工作，使本书得以出版和再版，我真诚向他们表示谢意！

2016.3

附 录

《冀鲁豫日报》对起义和整编的报道的剪报

丰县起义之八十三师特务营

发表八十三师官兵书

为独立支队成立

通电全国

蒋军八十三师特务营黄营长
率领全营官兵光荣起义

现已安抵后方备受我区
蒋政军民热烈欢迎

（本报消息）蒋军原第八十三师特务营黄营长……

全支队官兵
电毛主席
朱总司令
敬致

前豊鈒起义八三师特务营
整编为军区独立支队

原黄王营长被委任为正副支队长

（本报消息）前国民党第八十三师特务营……

难忘的婚礼

黄幼衡

8月的苏北，是一年中最热的日子。

在1948年的这个酷暑季节里，我和爱人颜竞愚在苏北丰县城里举行了结婚仪式。当时，我是国民党整编八十三师特务营少校营长，竞愚是上海市体专的学生。我们之所以选择在这个时候结婚，是经过周密安排，另有用意的。

抗战胜利后，全国人民欢欣鼓舞。我也认为，抗战八年，国家民族付出了重大的代价，打败日本侵略者，该好好建设一个繁荣富强的中国了。可是蒋介石却发动了内战，我所在的国民党军队从湖南调到苏北进攻解放区，沿途看到国民党军队烧杀抢掠，受到人民群众的反对。我心想，当初弃学从军，就是为了抗日，赶走日本侵略军，使祖国实现和平安定和繁荣富强。现在，日本侵略军是打败了，却要我去残杀自己的同胞。我觉得，这不但违背自己当初的志向，也对不起国家和民族。我本想回家继续读书，但蒋介石明令规定："勘乱期间，现役军官一律不准离队，违者严惩。"国民党整编七十四师在孟良崮被歼灭，对我又是一个极大的震动。这样一支"王牌军"都是如此下场，其他部队下场也不会更好。因此，思想斗争得更加激烈。

为了离开内战前线，1947年夏天，我请假到南京去复习功课，准备报考陆军大学。在南京，我看到国民党政治腐败，通货膨胀，贪官污吏抓兵逼粮，敲诈勒索，各地学生反内战、反饥饿、反迫害的浪潮此起彼伏，罢工、罢教、罢课的运动接连不断，有些抗日有功的军官被编余抛弃，领着妻子儿女，把委任状、勋章、奖章摆在街头讨饭吃，有的到中山陵去哭诉，有的甚至悲愤自杀，以死抗议蒋介石的倒行逆施。我一方面对此不满，感到只有投奔共产党才有出路；另一方面又觉得，这样做是对国民党的不忠不义，也对不起那些待我很好的长官。经过反复思考，又和帮助我复习数学的路春芳先生深谈，我终于认清了，讲忠，应该忠于国家和人民，不能忠于蒋介石和国民党反动派；讲义，应该讲民族的大义，不能讲个人的义气。因此，我决心不再替蒋介石打内战，准备投奔共产党，投奔解放军。

这时，我的未婚妻颜竞愚放寒假到南京来看我，我就把自己的想法告诉了她。她是个思想进步的青年，在学校里参加过学生运动。她支持我的行动，表示愿意和我一起投奔共产党，生死不分，患难与共。此后，我又同因不愿进攻解放区而流落在扬州一带的原副官张杰和从特务营来给我送薪饷的副官安景修一起商量。

张杰原是新四军的同志，1939 年加入中国共产党。皖南事变时被俘，逃跑后又被抓壮丁补到我当时所在的骑兵连。抗战胜利后，他因不愿打内战离开蒋军，想以经商为掩护寻找共产党。安景修原是个青年爱国学生，为了抗日才投笔从戎。抗战胜利后随军进攻解放区，沿途看到蒋军残杀无辜，保安队、还乡团抢掠奸淫，无恶不作，因而对国民党反动派产生了不满。经过商量，我们决心带领特务营支投奔解放区。为了不引起怀疑，我等考完试回营；张杰到泰州特务连暂住；竞愚回上海继续读书，等筹划就绪后再来部队；安景修先回营做准备。

1948 年 5 月，我在考试中故意不按规定答题而落榜，回到了特务营。回营之后，我对全营的军官进行了分析，确定哪些可以争取，哪些不能争取，并进行一些人事调整，然后集中做了副营长王子云的工作。他也是军校毕业生，但在蒋军中没有背景，得不到信任，对一直没有当正职掌实权不满意。我先和他拉同学和老乡关系，待思想感情逐渐接近，我就谈起蒋军随意枪杀老百姓，抢掠财物，强奸妇女等腐败行为，以及我在南京见到的国民党官吏大发横财、吃喝嫖赌，而一般官兵负伤后生活无着的情景。看到王子云也有同感，我就进一步谈起解放军纪律严明，士气高昂，民众拥护，同时透露了投奔共产党的想法。经过四十多天的工作，王子云赞同我的看法和想法，并且表示，如果我决心投奔解放区，他一定追随。

在做王子云工作的同时，我和安景修还找一些排长和班长个别谈话，启发他们的觉悟。与此同时，我积极设法寻找和解放区取得联系的渠道。

睢杞战役时，师里抓到一些解放军和地方武装的人员，关押在特务营里。我借奉命枪毙他们的机会，先后偷偷地放走了两个人，放人时我让他们回去后向解放军报告，派人来和我联系，可是都没有回音。在特务营关押的人中，还有个叫李祥的，自称是解放军的指导员，是师长亲自交待看管的。我了解他在审讯时不卑不亢，还和师长辩论三民主义的问题，表现得很顽强。一天晚上，我让卫兵悄悄地把他领到我的房间里，秘密和他交谈。当时我通过观察，看到他像个共产党的干部，就对他特别加以照顾，派人给他看病，允许他在院里自由走动。又过了两天，我再次找他，向他讲了我对时局的一些看法，他只听，不说话。第三次再见他时，我就直截了当地告诉他，我们几个军官想率领特务营投奔共产党，问他如何和解放军取得联系。他说："派人到解放区去，就能找到解放军。"他给我们介绍了解放区的情况，还答应给我们写介绍信。

经过研究，我们决定派张杰和潘俊臣先到解放区去接头。因怕路上出事，就没有请李祥写信。

几天后，张杰从解放区回来了，还领来了冀鲁豫军区三分区一个姓刘的参谋，和我们一起商定起义时间、行进路线和联络信号。并说，分区将按拟定的计划迎接我们。这使我非常高兴。

一切都准备就绪之后，我才派人接来了颜竞愚，准备以结婚为名掩护起义。

我们的结婚仪式是在八十三师师部一个大厅里举行的。为了迷惑敌人，婚礼办得相当排场，师部各处处长和直属营各营营长都请到了，还特别请了整编八十三师师长周志道当证婚人，副师长杨荫、参谋长崔广森分别当男女两方的主婚人，通信营营长邵奇萍当介绍人和司仪。邵奇萍宣布婚礼开始后，我们向证婚人、主婚人三鞠躬，周志道也讲了话，祝贺我们白头偕老。我心里觉得好笑：他还蒙在鼓里哩！

那天的婚宴是中餐西吃。为这顿饭，我把所有的钱都用上了。我在国民党军队当营长，每月除了工资以外，还按规定吃五个空额，平时不抽烟不喝酒，除和几个朋友一起吃吃饭，每月给竞愚一点上学的钱，其余的钱都由副官管着。我事前告诉他："把所有的钱都花掉，反正到那边也用不着了。"所以，这顿婚宴办得很丰盛，热热闹闹吃到深夜。

婚后第一天午饭后，我和竞愚正想休息一会儿，师部执法队长突然来了。这个人是师长周志道的老乡和亲戚，是他亲信中的亲信。我心里很犯疑。因为在这前一天，即我们结婚的那天早上，军需沈万荣跟刘参谋带着我们的起义计划到解放区去了。为了把一连连长周廷藩调开（此人是周志道的堂弟），中午时我把他找到我的新房里，假装着急地对他说："军需沈万荣带上全营的薪饷逃跑了，营部的人平时和他感情好，我考虑派谁去追都不妥当，只有你去比较合适。"还给了他一个二钱重的金戒指，让他到徐州去追。可沈万荣临走前将消息告诉了他的好友——一连文书徐建如，徐就开了小差。我担心周廷藩在徐州抓到徐建如，知道了我们起义的内情，所以对执法队长的突然光临心存警惕。

幸好不是。原来，周志道已准备提升我，并决定由他接替我当特务营长。他是先来了解营里情况的。

这天晚上，周志道和他夫人请我和竞愚去吃饭。席间，竞愚指着我对师长说："明天他们要搞行军演习，我也想跟着骑马出去耍耍。"这次战备演习，是我们有意安排的，意在借此把全营带出城，而且可以将武器、装备、弹药、马匹等全部带走。早在这之前，我给师里写过报告，得到了批准，先以连排为单位进行，以便遮人耳目。所以周志道没有引起一点怀疑，同意了竞愚的要求。可师长的夫人一听就说："我明天也同你一起骑马去耍。"竞愚想：她一去必定要跟上一帮卫士、副官，前呼后拥，岂不坏了我们起义的大事，就沉着地说："行军演习肯定走得很快，你骑不稳马，跌下来怎么办？再说他们起得早，等以后我专门陪你去骑马耍吧。"师长夫人同意了，我们心上的一块石头才落了地。

饭后，周志道又让师部京剧团演戏，请我和竞愚去看。看了一会儿戏，我就佯装刚才喝酒喝醉了离开剧场。过了一会儿，竞愚也回来了。王子云、张杰、安景修三人按约定的时间先后来到新房里。我们几个人又研究了起义的具体行动，决定四点钟在西门内小操场上集合，不吹军号。我对他们说："在这最后关头，要提高警惕，加强防范。每人准备一支冲锋枪，一支二十响德造快慢机，假使行动被发觉，就翻西北角城墙向解放区逃走。"他们三人刚走，通信营营长邵奇萍来了。他一见面就说："这几天你精神恍惚，是不是有什么心事瞒着人？"我说："没有，只是结婚太忙，没有休息好，有点疲劳。但他摇摇头说："老弟，你不要瞒我，我俩相交至深，平时无话不谈，你还信不过我吗？"

的确，我们俩平时接触很多，关系很好。我知道，他是行伍出身，从小家境贫苦，对国民党的腐败早就不满。我们一起找老百姓谈过，一起偷偷读过毛主席的《论联合政府》。他还说过要离职到江西去务农。这时，竞愚在一旁说："你们那么要好，到现在这个时候了，就告诉他吧，也让他有个思想准备。"邵奇萍又说："见到你心神不安的样子，我很不放心，你不告诉我，出了事我也要受牵连的。"我考虑了一会儿，就以实相告："我已决定投奔共产党。我怕你丢不下妻子儿女，所以没对你说。"他问："什么时候走？"我说："明天一早带全营走。"他说："我支持你走这条光明之路，我的妻子和小儿子正在来部队的途中，我不能跟你们一起走了，我回去将日记、来往信件和共产党的书籍全部烧掉，准备接受审判。"说着，我们抱头哭了起来。我对他说："我走后你要多加注意。"他说："你放心走吧，我在这里见机行事，只要你走向光明，我愿意承担不幸，打内战我早就不想干了。"他看看表又说："时间不早了，我得赶紧回去处理我的东西，迎接天明后的不幸。你们也要休息一下，天明好赶路。你们多保重，希望我们能再见面。"听说，我们起义的那天下午，他故意办了一桌酒席，请了很多人，几次往特务营打电话，骂我和竞愚不讲信用。不过，他到底没逃脱不幸。周志道撤了他的职，对他审查了一阵。淮海战役中，他逃回了江西，一直务农，去年才去世。

邵奇萍走后，已是下半夜。尽管又困又累，可我和竞愚谁也不想睡，也睡不着。我们为即将脱离黑暗，走向光明而兴奋，也为是否会发生意外而紧张。我把一支上了膛的小手枪交给她，我自己除了一支手枪外，还有一支冲锋枪。只要听到窗外有一点动静，我们就立即握枪靠近窗口，仔细观察谛听，直到确认没有什么问题了，才转过脸相对一笑。这就是我们的蜜月之夜！

黎明时分，竞愚脱下她当新娘子的衣服，换上一身预先准备好的军装，戴上塑料头盔，和我一起到达西门内的小操场。

这时部队已集合完毕，各连向我报告了人数、枪支、弹药和马匹。我走到队前，传达行军命令，并做了部署：命令一连为前卫连，派出尖兵排和尖兵班搜索前进，尖兵班到赵家桥时在枪尖上挂一面小红旗（这是和解放军约好的联络信号）；后面按营部、机枪连、三连的序列跟进。安景修跟三连作后卫。

守城的是工兵营。因我营各连、排经常出城演习，听我们说这次又是出城演习，便放行了。过了一八七团四连的防地，我交给张杰和竞愚各一匹马，并派了两名士兵保护，让他们跟随尖兵排前进。我嘱咐她和张杰："若发生了战斗，你们就骑上马朝解放区跑，不要管我！"

我们以急行军的速度一直前进。早晨的空气清新、凉爽，太阳升起来了，照着成熟了的高粱和玉米，我走在行军的行列里，心情很激动。十年前，我考上西南联大理工学院，带着家里给我上大学的钱，偷偷跑到重庆，想到延安去上抗大。在《新华日报》社，一位三十多岁的女同志接待了我，表扬了我的抗日热忱，但因我没有介绍信，她让我自己前往。我在没有路费的情况下，便考进了中央军校。这十年中，我虽然打过日本侵略军，但始终没有找到一条正确的道路。现在，我马上就要到达解放区，投入共产党的怀抱。虽然晚了一些，但我终于实现了夙愿，踏上了一条光明之路。我深深地为自己感到庆幸。

中午，我们在离开丰县县城六十里的地方，进入了解放区，受到党、政府以及解放军和人民群众的热情接待。在这里，我向排以上干部宣布："从今天起，我们脱离国民党，投向共产党了！"晚上，三分区司令员王根培和政委陈璞如同志设宴欢迎我们。当他们举杯祝贺时，我和竞愚的眼睛都湿润了。我们从心里感到，这才是我们真正的婚礼，是我们真正幸福生活的开始！

（原载《解放军报》1985 年 3 月 2 日）

他们的婚礼和蜜月

纪　学

坐在我对面的，是一对老年伉俪。男的叫黄幼衡，已经年过花甲，身体发了福，动作看起来有些迟缓。只有炯炯的目光里，还能隐隐透出当年英武的军人气派。女的叫颜竞愚，高高的身段，白净的面庞，走起路来脚步轻快利落。不过毕竟也已年近花甲。眼角有了细细的皱纹。

然而，他们向我叙说的，却是青春风华正茂时的事。那非同寻常的婚礼，那非同寻常的蜜月，那非同寻常的举动，如同情节曲折跌宕的小说，又似内容惊险扣人的传奇，和眼前的情景相比，是多么迥然不同呵！

"那是1948年8月的事，距现在已经三十多年了！"黄老操着昆明口音说。

"是呵！时间过得真快！当时我们结婚，现在，儿女们都有了孩子。"颜大姐感慨地补充说。

随着他们的娓娓讲述，我仿佛也走进了江苏省最北部的丰县城，走进了国民党整编八十三师师部的大厅。我看到，在大红的"囍"字下，站着新郎新娘。新郎29岁，中等个头，长方脸，宽额头，浓黑的眉毛下，有一双深沉的大眼睛；一身半新的军装，配上大盖军帽，少校军衔，整齐的皮带，显得英姿勃发。新娘修长的身材，穿一件杏黄色的绣花缎子单旗袍，瓜

159

子型的脸上，弯弯的柳叶眉，黑亮的眸子，薄薄的嘴唇，洁白的牙齿，乌云似的头发，烫得舒展自如，在烛光下更加楚楚动人，妩媚娇柔。这就是黄幼衡和颜竞愚。一个是国民党整编八十三师特务营营长，一个是上海市体专的学生。他们之所以选择在这酷暑季节结婚，是为了遮人耳目，起义去奔向解放区。

黄老详细地介绍了他为什么要起义和怎样决定起义的经过。

是呵，当时既没有解放军兵临城下，他也不是一个在国民党军队里失意的人，但他却决定带领特务营起义，这似乎令人不好理解。听了他的经历，我才弄清了他思想演进的轨迹。原来，黄老并不是一时的感情冲动，心血来潮。早在1938年秋，他考取了西南联大的理工学院，和录取通知一起到来的，还有日本侵略者攻陷武汉和广州的消息。热血青年黄幼衡拿着父亲给他上大学的钱，转途贵阳到达重庆，想去延安上抗大。他在山城起伏不平的街上徘徊多日，找不到人介绍，又没有了路费，在走投无路的时候，考上了国民党中央军校第16期。那时他想，只要能抗日救国就行。没想到抗战胜利后，蒋介石又发动了内战，他所在的部队从湖南明到苏北进攻解放区。他沿途看到国民党军队烧杀抢掠，人民群众受苦受难，感到违背了当初弃学从军的志向，想回家去继续读书，但蒋介石却明令规定："勘乱期间，现役军官一律不准离队，违者严惩。"孟良崮战役中，国民党整编七十四师被全歼。这对黄幼衡的震动极大，觉得"王牌军"都如此下场，其他部队也不会更好。所以在孟良崮战役结束后，他为了离开内战前钱，就请假到南京复习功课，准备投考陆军大学。在南京，他和帮他复习数学的路春芳先生交谈形势，和他原来的副官张杰、当时的副官安景修，以及未婚妻颜竞愚商议，决定带领特务营投奔解放区。

黄老说到这里，颜大姐接过话头说："我是放寒假从上海到南京去的。在学校里，我参加学生运动，对国民党当局不满。因此，一听到幼衡要起义，就欣然赞成，并表示和他一起去解放区。我们还做了分工：幼衡等考完试再回营，免得引起怀疑，张杰先到泰州特务营二连暂住；安景修回到营里做些准备工作，我则回上海继续上学，等筹划好再去部队。所以，我是起义的前几天才赶到丰县的。"

几十年后，他们说起这事来，显得很轻松，可在当时，要下这样的决心，可是不容易呀！黄老告诉我，在决定起义的时候，他的思想斗争很激烈，一方面感到，只有共产党才能救国救民，只有投奔共产党才有出路，另一方面又觉得，这样做是对国民党的不忠不义，也对不起待他很好的长官。经过反复思考，他终于认清了。讲忠，应该忠于祖国和人民，不能忠于蒋介石和反动派，讲义，应该讲民族的大义，不能讲个人的义气……他讲得很坦率，很真诚，毫不掩饰那时的思想状态，这不能不令人钦佩。

他们的婚礼是在 1948 年 8 月 14 日晚上举行的。第二天，师长周志道请新婚夫妇吃饭，还请他们看了京剧《刘备过江招亲》和《五子哭坟》。16 日凌晨，他们就以战备行军演习为名，率领特务营起义了。那几天是相当紧张的，特别是 15 日的晚上，他们一夜没有合眼。黄幼衡在回忆到那夜的情景时说。"尽管又困又累，可我和竞愚谁也不想睡，也睡不着。我们为即将脱离黑暗，走向光明而兴奋，也为是否会发生意外而紧张。我把一颗子弹上了膛的小手枪交给她，我自己除了一支手枪外，还有一支冲锋枪。只要听到窗外有一点动静，我们就立即握枪靠近窗口，仔细观察谛听，直到确实认为没有什么问题了，才转过脸相对一笑。这就是我们的蜜月之夜啊！"

正当我们沉醉于那婚礼和蜜月中的回忆的时候，走进来一个 7 岁的女孩，扎着两个羊角小辫，长得很可爱。她放下书包喊了声"爷爷"和"奶奶"。这是两位老人的外孙女。于是，我们的话题便由历史回到了现实。我经过打听才知道，这一对三十多年前的新婚夫妇，现有一儿一女，都已经结婚，正在为四化建设努力地工作着。就在我去访问的前两天，他们又喜添了一个孙女。

说话间，我打量这间客厅。室内很简朴，几张沙发，一个酒柜，墙壁挂一幅书法条幅，上面写的是苏东坡的"大江东去，浪淘尽，千古风流人物"的《赤壁怀古》词。窗台上，摆着几盆花，有的花朵鲜艳，有的含苞欲放，显示出主人的生活情趣。

黄老似乎还沉浸在回忆之中。他说："我们起义之后，就改编成人民解放军，后来南下剿匪。这中间，有的人吃不了苦又逃跑了，但大多数官兵，经过整训，提高了思想觉悟和军事素质，在南下中作战勇敢，有一位排长叫娄彩芹，牺牲得很英勇。这是党教育的结果。"

听说，黄老当年的同学、同事，有些还在台湾和美国，时常打听黄老的情况。其中有些态度不友好的人，仍然说"黄幼衡投奔共产党没有好下场"。一次，他收到侨居美国的妹妹的来信，就有人在中间夹了一张这样的纸条。说到这些时，黄老笑笑说："我们两人虽然都离休了，但生活得很好。逗逗孙子，修修花，到外地去看看熟人和朋友，写点起义整编后部队作战的回忆文章，这样的晚年是很有意义的。如果见了面，我要详细告诉他们，我永远不后悔当初的举动。我相信，这样的日子一定会到来！"

望着这对老年夫妇欢愉的神色，我也为他们高兴，从心里祝愿他们的晚年幸福欢乐，祝他们健康长寿。

（原载《退休生活》1985 年 8 月）